我想和你虚度余生

WOXIANGHENI
XUDUYUSHENG

Life

沈万九 ◎ 著

四川文艺出版社

图书在版编目（CIP）数据

我想和你虚度余生 / 沈万九著. —— 成都 : 四川文
艺出版社, 2020.7

ISBN 978-7-5411-5746-2

Ⅰ.①我… Ⅱ.①沈… Ⅲ.①故事 – 作品集 – 中国 –
当代 Ⅳ.①I247.81

中国版本图书馆CIP数据核字（2020）第108720号

WOXIANG HENI XUDU YUSHENG

我 想 和 你 虚 度 余 生

沈万九 著

出 品 人　张庆宁
出版统筹　众和晨晖
选题策划　郑心心
责任编辑　彭　炜
责任校对　汪　平
版式设计　于苗苗

出版发行　四川文艺出版社（成都市槐树街2号）
网　　址　www.scwys.com
电　　话　028-86259287（发行部）　　028-86259303（编辑部）
传　　真　028-86259306

邮购地址　成都市槐树街2号四川文艺出版社邮购部 610031
印　　刷　大厂回族自治县德诚印务有限公司
成品尺寸　145mm×210mm　　开　　本　32 开
印　　张　7.5　　　　　　　　字　　数　160千
版　　次　2020年7月第一版　　印　　次　2020 年7月第一次印刷
书　　号　ISBN 978-7-5411-5746-2
定　　价　45.00元

序

多年前，北岛曾在《波兰来客》中说道：

"那时我们有梦，关于文学，关于爱情，关于穿越世界的旅行，如今我们深夜饮酒，杯子碰到一起，都是梦想破碎的声音。"

正是这样的一首诗，好像是清晨的钟声，午后的蝉叫，或是露夜的蛙鸣，不知疲倦地敲打着无数热血青年的心房，浇灌着我们那不甘平庸的人生。

然而，试问多年后的今天，此刻正手捧书卷掩面沉思的你，是否依旧在坚持着那时的梦？

还是早已向命运妥协，适时地走向李白的"及时行乐"或是朴树的"平凡之路"，也早已不再奢望所谓的爱情了？

说到爱情，正所谓，世间的好姑娘不少，好男人常有，可真正能走在一起的不多，而最后能相守到老并且琴瑟和谐、两不相厌的就更是凤毛麟角了。

那么，经过这么多年的寻寻觅觅，你是否幸运地找到了，那个想要跟其共度余生的灵魂？一如芸娘与沈复，三毛与荷西，或是钱锺书与杨绛。

还是早已放弃了爱情，决定跟某个无趣的人，凑合着过无趣的日子，柴米油盐房贷车贷，奶粉尿布婆媳秋裤？

抑或是一不小心就错过了真爱，把他／她丢失在汹涌而茫茫的人海中？正如陆游和唐琬，或是露丝与杰克。

......

话说回来，作为"余生三部曲"的第二部——《我想和你虚度余生》继续无可救药地相信爱情，也继续渴望跟你共度这苦涩荒诞却又无比珍贵的余生。

当然，不变的依旧是"真实"。

哪怕有些场景过于虚幻，有些背景过于魔幻，但你接下来所感受到的每一个文字，依旧是基于真实的故事改编。每一个故事都浓缩着一个人的青春，或是几代人的轮回，甚至相互交错的爱情和人生；也都是由一个个或彷徨孤独绝望或快乐热情丰盈的灵魂组成——我们试图去叩问人心，考验人性，并且在经历了种种的伤害之后，是否依旧保留着对爱情的信仰？

心理学家武志红曾说，一个人对爱情的信心，代表着他对整个世界的信心。

当然，这里的爱情，并不是露水般的男欢女爱一夜销魂，也不是狭义的生儿育女幸福美满，而是一种对亲密关系的渴望、热情、慈悲、精神独立，以及无畏付出的安全感。

它更像是分开来解读的"爱"和"情"，也正如犹太人马丁·布伯所说的"我和你"，而不是"我和他"的关系。

说实话，年轻的时候，我曾无比相信爱情，渴望爱情，甚至把爱情当作是此生唯一的信仰。可后来却不信了，因为受过的伤害，"东风恶，欢情薄，一怀愁绪，几年离索"，也因为赤裸裸的现实，"无可奈何花落去，似曾相识燕归来"；再后来又信了，而且以后很大可能都不会变了……我也不知道，自己为什么喜欢这样变来变去。

也许是因为，一个人永远可以拒绝鲜花、巧克力、善意的拥抱、似水的柔情乃至清晨的阳光，却永远不能拒绝成长、内心的悸动以及真爱的呼唤吧。

试问你呢？

这些年出走半生下来，是否还愿意无可救药地相信，有人终究会跟你虚度余生？

是否依旧初心不改地认为，有人终究会 —— 跟你虚度这可贵而丰盛的余生！

最后，分享一首李元胜的诗，节选其中的片段，送给今夜多情的你，送给昨日随风而去的他/她，还有那些无数有趣的依旧相信并决定往后余生都要追寻爱情的灵魂：

我想和你互相浪费

一起虚度短的沉默，长的无意义

一起消磨精致而苍老的宇宙。

比如靠在栏杆上，低头看水的镜子

直到所有被虚度的事物

在我们的身后，长出薄薄的翅膀。

目录 Contents

我 想 和 你 虚 度 余 生

一、我想和你虚度青春

春风十里扬州路，卷上珠帘总不如。

二、我想和你虚度宁夏

芳菲歇去何须恨，夏木阴阴正可人。

三、我想和你虚度晚秋

银烛秋光冷画屏，轻罗小扇扑流萤。

四、我想和你虚度寒冬

若似月轮终皎洁，不辞冰雪为卿热。

一

我想
和你虚度青春

春风十里扬州路，卷上珠帘总不如。

他一定会回来娶我

"我们会结婚的，对吗？"

月凉如水，夜风如醉。一缕狡黠的光线破窗而入，恰好落在她那曼妙、丰满却早已不再坚挺的乳房上，由此形成了一道明暗相间的光影。这已经是她第九次问这个问题了——噢！不对，应该是第十一次了，言语中充满了杜拉斯式的沧桑和杜十娘式的绝望。

"当然！"身边的半裸男人，正低着头玩手机，听到她的话后，果断而略带轻松地答道。

"好吧。"也不知道过了多久，她终于还是开了口——但其实，她真正想问的是"什么时候"，可话到嘴边，又硬生生地咽了回去。

1. 告别

那一年，她 26 岁，风姿绰约，明艳动人，如同枝头盛开的花，亦如夏夜清爽的风。

然而，五年的婚姻过后，她只收获了无数次的争吵和一个 1 岁多的孩子。

在某个平淡无奇的晚上，在外出差的老公逢场作戏，疑似出轨。

虽说证据不足，心气甚高的她，还是毅然地选择了离婚。

记得，从民政局走出来的那天，阳光分外刺眼，北风格外凛烈。老公只对她说了一句话："不就是一张纸吗，跟我回家吧。"

她愣了愣，嘴角也随之动了动，随后抛出了一副不屑的神情，继而转身离开，优雅而决然，像是一只飞离花枝的蝴蝶。

当晚，她却哭得像是一个在冬夜迷路的孩子。

2. 礼物

33 岁那年，适逢圣诞假期，她遇到了他。男人是一个香港人，因为工作的缘故，每月飞到上海待一个礼拜。

见过几次后，对眼对心，情愫如潮，他们很快便走在了一起。

男人比她大八岁，离异三年，有一个女儿。他对她很好 —— 不管是言语上，还是物质上，彰显了一个成熟男人的暖心和得体。另外，他也是极尽温柔，技艺娴熟，让人想到《失乐园》里的久木祥一郎。

特别值得一提的，是他的双手，就像是魔术师一样，也像是催眠师那双"万能的手"，只要随意地在她的胴体上游走一番，便足以给她带来阵阵忘我的欢愉。

那段时间，是她人生中最快乐的时光，用她的话来说："上天眷顾，这是我这辈子以来，收过的最美的圣诞节礼物。"

3. 生日

"你到底要不要结婚？"40 岁生日的那晚，在经历过无数次地逼婚之后，她终于忍不住爆发了。"我们现在跟结婚有什么区别？"男人反问道。"既然没区别，那为什么不结婚？""我现在对你不好吗？"男人冷静得可怕，"你就这么在乎那张纸？"

这话好像是一记突如其来的棒槌，瞬间击中了她的软肋。往日的回忆，瞬间如潮水般扑面而来，痛苦随即而至。

她崩溃着冲出家门，冲进夜幕的细雨中，随后奔跑在上海的车水马龙里。雨水交织着泪水，轻易便模糊了双眼，她感觉脚不能停下来，因为一旦停下，心就会疯狂地痛，痛到彻底地停下来。

终于，她一口气跑了三个小时，慌不择路，一路狂飙，并最终来到了 20 千米外的外滩。

看着江水对面的东方明珠塔，她突然想起若干年前，大学毕业前夕，那个如今早已经成为前夫的男人，曾在这里跟她说，会爱她一生一世。

"男人都是靠不住的！"她仰天长叹，对岸的都市灯火瞬间全熄，夜雨仿佛变成了碎冰，顿时寒封了全城。

4. 旅游

时间回到 2010 年，他们相约去台湾旅游。交往多年，这还是他们第一次去这么远的地方。

前后一个礼拜，他们去了台北、淡江中学、日月潭、青青草原……像是一对新婚的情侣，自由而甜蜜，丰盛而美好。

"我不想回去了。"坐在淡江边的一家酒吧里，听着颓废的驻唱歌手泪眼婆娑地唱着张惠妹的《听海》，她淡淡地对男人说道。

"好的，我们不回去。"男人总是会说最甜蜜暖心的话，"就在这里一生一世，一辈子不分离。"然而，第二天一大早，他们还是带着宿醉过后的疲惫和晨起未醒的迷惘，义无反顾地赶往机场。

5. 离开

45 岁那年，她找了一个广州的婚姻咨询师，问应该怎么办。

咨询师告诉她，一定要丢掉幻想，断掉执念，彻底离开这个男人。

46 岁那年，她去杭州的灵隐寺求了一卦。卦上说："莫念旧红尘，方可见明月。"

47 岁那年，她做了一个梦。

梦见了他们一起坐船旅行，船驶到了茫茫的大海里，突然一阵狂风袭来，满船的人不见踪影，包括那个男人，只剩下她一个人无助地漂在海面上，好像漂了一年，十年，甚至一个世纪。

终于，她下定决心。她搬出了他们的房间！她拉黑了他的微信和电话！她订好了下个月去北海道旅游散心的机票！

……

然而，得知消息的他，第一时间披星戴月地赶上了末班机，风尘仆仆地杀到了上海，并且还带来了结婚戒指。

幸福来得如此突然，她开心得一个晚上都没睡，而后连着的一个礼拜，夜夜美梦，如坠云端。

可没想到的是，真正的结婚日却在一天天地往后拖。男人在有意无意的忙碌中，再一次把这个事拖过去了。

6. 孤独

时间一晃，三年之后，她年入半百，儿子 19 岁已成人，要去千里之外的广州上大学了，只剩她一个人在上海。

她开始一夜一夜地失眠，头发开始一把一把地狂掉。

男人告诉她，自己在上海的事业快不行了，很可能要退回香港了，准备酝酿时机，以备东山再起。然而，他却只字未提跟她的未来，更别说带她回香港。

她开始一夜一夜地痛哭流涕，头发也开始一把一把地变灰变白。

她害怕露夜里孤独侵蚀的感觉，她害怕余生都一个人走，她不断地问天问地问为什么，十几年的付出，却换不来一个男人的白首。

7. 守候

终于，在某个风平浪静的夜晚，她从噩梦中醒来，也不知道是汗水还是泪水，只见整个枕头连同被单都被打湿了。

带着巨大的不安和恐惧，她第一时间给那个男人打电话，电话没通。好不容易熬到天亮，她继续打了一天，依旧不通，微信短信也没有任何回应。

接下来的一个月，他都没有找过她。

这其间她飞去香港三次，前后待了一个月，试图在他们曾待过的地方找到他，结果一无所获。

无奈之下，她打算报警，可是发现在一起这么多年了，她居然不知道他的身份证号码是多少。此外，她还找过他们共同认识的朋友，可这些朋友都在上海，他们也不知道他去哪里了。

……

就这样，冰冷如铁的事实摆在了面前，她不得不接受这个她一直害怕的可能——男人突然彻底地消失了，从她的生命中，从这个世界里。

有时候，她甚至会想，这个跟她在一起十七年的男人是否真的存在过，还是一直就是她想象出来的人而已。因为她从来没有见过他的家人，没有见过他的女儿，没有见过他在香港的朋友。

即使如此，她依旧不愿放手，而且选择继续等待。

她像孟姜女一样，日日游走在崩溃的边缘，也像是望夫石一般，夜夜期盼着他的归来。她的口头禅，也在不知不觉中变成了："他一定会回来娶我！"

8. 初见

两年后的一个晚上，她正在家里看电视，突然有人敲门，敲门的声音果断而决然，仿佛再不开门就要破门而入。

她第一时间想到是他。

可就在开门前的一刹那，她脑海中突然浮现出了另一个念头：难道是另一个他？

那个曾在灯火辉煌的外滩对她说过要照顾她一生一世的男人，那个在民政局门口说过"不就是一张纸吗，跟我回家吧"的男人，那个接下来不管她愿不愿意都一定要跟她白首到老共度余生的男人……

最爱的前任

1.

七夕佳节，临近黄昏，晚霞如火，林小玉给我发了条微信，说："晚上有空吗？"

"跟男友吵架了？"

"是的。这渣货我真是无话可说了。晚上有空吗？"

"劈腿了？！"

"是啊，而且劈的还是前任。你晚上到底有没有空呀？！"

"没呢！约迟了半步。"

2.

众所周知，在这个早就不再流行"从一而终"的年代，几乎每个人都有前任，都有缠绵悱恻过的旧爱，或是如雾如电如梦幻泡影般的露水情人……而很不幸的是，林小玉恰恰就是我的前任。

此女子产自杭州，落于西子湖畔，从小吸收天地和西湖的精华，长成后人如其名，如玉般圆润，亦如玉般温婉。然而苍天无眼，造化弄人，我跟林小玉的爱之恋歌，并没有真正地走向皆大欢喜，而是狗血地持续了短短的一年多——其实，这个数字还只是她的算法。要我来说的话，加上最开始对她的暗恋，我们在一起的时光最少有五年十个月。

然而，我们最终还是没扛到七年之痒，于茫茫人海中，友好走散。

当然，所谓的友好，不过是对外宣称的友好说法，事实上一点都不友好。我们是因为常年异地，聚少离多，后来她寂寞难耐，芳心另许，我多次挽留未果，唯有在以泪洗面多日之后，忍痛放手，伤心成全。

其实，这已经是 2013 年的事了。在如今这个"一个月可以换几个女友，一年可以结几次婚"的快餐时代，完全可以说得上是上古时期的事了，所以这里就不打算赘述了。

总之后来，小玉秉承着"想爱敢爱，死不将就"的现代女性精神，马不停蹄地换了两位男友：一次处了一年多，找了个年长她八岁的大学教授，后来发现对方性功能有严重的障碍，正所谓死生有命，活寡难熬，遂分手；一次恋了不到半年，处了个电台主持，一开始还挺甜蜜的，天天朋友圈撒狗粮，可好景不长，男友因节目收视率太低，被友好劝退，后失业在家，心神恍惚，自甘堕落，天天打机，磨合不成，遂一拍两散。

就这样，我在不经意间成为小玉的前前前任，却还一直形单影只地过着一个又一个的七夕佳节——所以如你所料，上文所说的"没空"，其实是骗小玉的，我只是不想在特殊的节日掺和她的情事而已，以免伤口处被撒盐。

对了，林小玉的口头禅是："我发现其他的男人都没有你好。"
每次她说这话的时候，我都非常礼貌地送她一个字："滚！"

3.

"我发现这个男友真渣，跟你真的没得比！"周日的晚上，月凉如水，我们坐在珠江旁的一家名叫"月煮西楼"的餐馆，看着来来往往的船只和明明灭灭的渔火，喝着刚刚酿出来不久的珠江啤酒，小玉斩钉截铁到近乎咬牙切齿地说道。

"滚！"我轻车熟路地说出了那个字。

"我是说真的，你说我都跟他一年多了，他总会时不时念叨着前任的好，而且有时候还会梦到她，然后在半夜惊醒，偷偷地躲在阳台上抹眼泪，搞得好像他是被我爸妈强虏过来的小媳妇一样。"

"真是一朵大奇葩！他那前任是什么来路。有照片吗？比你美比你丰满比你有气质比你贤良淑德吗？"

"挺普通的一个货色，网红脸，太平胸，他们大学时候是同学。你知道吗，我们前阵子去影院看《前任3》，还没看到一半，他就像是进入梅雨季节的南方一样，稀稀拉拉地哭个不停，用完了所有的纸巾，耗尽了所有的力气，完全是惨不忍睹啊。"

"有这么严重吗？那电影确实不错，韩庚的演技有很大的提升，演出了男人的那种爱而不得的绝望感，于文文所饰演的余飞我也挺喜欢的，秀外慧中，柔美如水有气质。对了，你当时想到谁了？"

"反正没想到你！别再岔题啦！我正想找你帮忙呢。"

"赴汤蹈火，在所不辞。"

"能帮我接触一下他前女友吗？看看是什么来路。"

"滚！"

4.

然而，如你所料，在小玉的一再坚持下，我终究还是没能拒绝她的要求。随后，在多方朋友的帮助下，我们成功地打听到了小玉现任之前任的工作所在地。

小玉现任的前任叫玲玲，是一个舞蹈老师，服务于市区的一家大型健身俱乐部。

三军受命，二话不说，周日的下午，我跟随着百度导航，挨着限速踩着油门，直接就杀了过去。到那时，她正在上课，教的是肚皮舞，身段还是挺不错的，再搭配着一张精致而耐看的鹅蛋脸 —— 根本不是小玉所说的网红脸，更不是她所谓的太平胸。

由此可见，嫉妒起来的女人都是严重的伪科学，根本不可信。

在与其说是耐心不如说是饶有兴趣地看她袒露着肚脐上完课后，我第一时间走了过去，并顺势递了一瓶依云，然后问道："老师，你好。我是你前男友的女友的前男友。"

"什么？你说你是谁啊？什么男友女友前男友的？"

"哦，是这样的，我是王峰的朋友。王峰你认识吧，我想问你几个问题，小问题，只要几分钟，可以吗？"她的眼睛睁得大大的，特别明亮，好像是一汪秋水，让水性素来甚好的我差点就溺水了，半晌后才反应过来。

她疑惑地看了看我，见我的装扮和神情也不像是故意搭讪的那种小青年，于是点了点头。我随后长话短说，捋顺了前因后果，跟她一一道尽。

她听完后，非但没对小玉的痛苦表示感同身受，反而是不加掩饰地乐开了怀——真是一个率性到让人难为情的姑娘啊。好不容易等她乐完了，她才说道："其实我那时挺爱他的，我们在一起三年多，感情一直以来都算平稳，按部就班，不断升温，后来双方还见了家长，订好了婚，选好了酒席日子。"

"后来呢？"

"后来他就开始发神经了，跟我在一起的时候，也总爱怀念他的前任。更可恶的是，他还总爱拿我跟那个女人比较，而且好像是无法自控的样子，把我给气得快吐血了，每次比较完我们都会大吵一顿，然后他就会后悔莫及，可下次又会再犯。直到后来有一次，好像七夕节前后，他给前女友送了总额777元的微信红包，却给我只打了一个'如今这物价买束花都困难'的77.7元，孰轻孰重，立竿见影……"

"再后来呢？"

"你说呢，哪有什么后来？！"

5.

明媚而多情的月色下，晚风徐徐，温柔扑面，夜色如潮，随风蔓延，我跟小玉迎着橘黄色的路灯，走在幽静的中大校道上，仿佛在一夜之间回到了大学时光。

突然，天空下起了雨，淅淅沥沥的，如歌如泣的，所幸不算太密，我们继续边走边聊。"见到她了？"

"嗯。"

"漂亮吗？"

"嗯。"

"她跟你说了。"

"嗯。"

"你再这样'嗯'下去，信不信我一脚把你踢进湖里。"我们刚好路过一个漂亮的人工湖。此刻的湖水，正闪着寒夜的幽光，而且还深不见底，想必是冰凉彻骨。

"别啊。我错了。你现在是不是还想挽回他？"

"废话，当然了！"

"办法只有一个，而且一定灵。"

"快说！"

"马上跟他分手，成为他的前任。"

6.

"你傻了吗！分手了之后，我都做了前任，还怎么跟他一起？"

"是啊，这个逻辑好怪！"

"那你说为什么？！"小玉已经开始把我往湖边推了。

"是这样的！因为他前任说了，当时他们在一起的时候，都快要结婚了，他也是心心念念地念叨前任而不能自拔。我算是看出来了，这家伙最爱的就是前任。"

"这是啥变态心理啊？"

"我也是这样跟他前任说的。他前任还说，她那阵子也是这样想的，这是啥变态心理啊！后来她还找了个心理咨询师，想知道是怎么回事。结果发现，原来王峰在潜意识地追求一种重复，一种可怕的家庭轮回。"

"什么轮回？"

"你也知道，王峰的老爸当年跟老婆离婚后给王峰找了个后妈，可没处多久，就觉得不对劲，然后蓦然回首去找前妻，并且寻求复合，可那时前妻已经有人了。他非常痛苦，一直痛苦到五年之后，才把人家还有自己的新家拆散了，然后跟前妻复合……"

7.

夜色已深，时间变短，静谧的校道上，再也看不到半个人影，雨不知在何时停了，月亮再次探出了头，并带来阵阵的凉风和不知疲倦的蛙鸣。

听我说完的那一刻，小玉似乎一下子明白了过来，也仿佛在一瞬间释然了。

与此同时，风停住了脚步，四下里突然变得异常安静，只见皎洁的月色里，两行豆大的泪珠，从她那如玉般丝滑的脸蛋上，无声地滑落下来，同时也毫不费力地，滑进了我的心里。

我右脸有个小酒窝

1.

我不信佛。从来就不信。

但她笑的时候，让我想起佛前的一束光，澄净，安详，让人窒息，仿佛时间留滞，飞花入定。又好像是山间的一缕清风，吹过来，拂过去，心净踊，万物生。

2.

这是一家海边的独立书店。

此时此刻，她坐在我的身旁，手捧一本村上春树的《挪威的森林》，面朝一扇巨大的落地窗，窗外是一片没有尽头的大海，夕阳轻易地把海面染成了金黄，水天一色，瑰丽如梦。

适逢旅游淡季，书店里的人寥寥无几，此刻，除了服务员外，便仅有两个年过半百却穿着讲究的老人家，一位风尘仆仆而且来路不明的背包族，还有一对脸上写满了甜蜜和喜悦的白人情侣，看样子是穿越了多个国度，故意迷路于此。

但见，今夜最佳的女主角，她一袭长发垂肩，如黑瀑般半遮着鹅蛋脸，一会儿看书，一会儿看海，看书的时候，我觉得她离我很远，远至海角；看海的时候，我又觉得她离我很近，近在咫尺。

所谓巧笑倩兮，美目盼兮，在她那如雪般白皙的肌肤上，映照着夕阳的余晖，并呈现出了一个如金子般晶莹的小酒窝。

3.

还记得，17 岁那年，高中毕业，因家境贫寒，她没有读大学，而是只身南下，去了顺德一个叫北滘的小镇打工。

她先是投奔了舅舅家，但是舅妈的冷嘲热讽和颐指气使，让她实在是难以忍受。半个月后，她逃似的离开了这个短暂的栖息地，住进了工厂的宿舍。

因工作勤快，性格开朗，而且人也聪慧大方，她很快就从普通的工厂小妹，做到了车间主管，一个月能拿 3000 多元 —— 要知道，那还是大学生平均月薪停留在 2000 多元的年代。

拿到第一个月工资后，她非常开心，几乎是第一时间奔向商场，给老家的父母和妹妹精心挑选了两套早已看好了无数次的衣服，并跟剩下的钱一起邮寄了回去。

生活似乎在一点点地变好，有阳光，有希望，有细腻的温暖，有闺蜜的友情，也有络绎不绝的男生邀约和莫名其妙的鲜花表白，但她并不急于坠入爱河。

然而，半年后的一个晚上，当她正在宿舍洗澡时，闺蜜芸芸突然急匆匆地回来了，并且一口气冲进了洗澡房，随后瘫坐在地，梨花带雨地哭诉道："心心姐，我被强奸了！"

4.

后来发生的事情，用心心的话来说，当真是狗血剧情，如梦一场，而且完全是一场不堪回首的噩梦，并且几次峰回路转，让人猝不及防。

在了解完来龙去脉后，素来仗义的她，二话不说就跑去跟肇事男讨要说法。男主同样是厂里面的同事，另一个车间的负责人，年轻有为而且帅气——最重要的是，据坊间传闻，其父亲还是公司某个位高权重的大领导。

结果如你所料，对于强奸之事，男同事不但一口否认，竭力推脱，而且还倒打一耙，说是芸芸勾引他的。

她们非常气愤，据理力争，一直闹到整个工厂上下都知道。第二天，厂里直接以"滋扰生事"为由，把她们一并开除了，而且当晚就把她们赶出了宿舍楼。

如果说，2007年的那个春天，舅妈让她第一次感受到家族的冷漠，那么，2008年的这个冬天，她则第一次感受到了社会的阴暗不公。

不过对此，心心并没有很难过，因为她觉得，像这样一个地方，肮脏不堪，而且还没有公理，谁爱待谁待去！

5.

离开工厂后，心心跟芸芸连夜在城中村找了间廉租屋，300 元一个月，麻雀虽小，五脏俱全，感觉还不赖。

自此，两姐妹相依为命，彼此鼓励，一起做饭，看电影，找工作，晚上睡一个被窝，一起畅想未来的恋情，共同憧憬幸福的婚姻……

很快，心心就找到了新工作，在一家 500 强外企做行政文员，工资 3000 多，工作不累福利不错，发展前景也很好。

她非常开心，生活再一次出现了曙光，而且比之前的更美好。

还记得那天，面试归来，天空下着雨，淅淅沥沥的，像是在哭泣，却完全没有影响到她的心情。刚下公交，她饭都没有吃就飞一般地往出租屋赶，想要当面跟闺蜜分享好消息。其间，她还特意跑去了一家水果店，买了一个过去一直想吃却不舍得买的榴梿。

可万万没想到的是，心心一口气奔回房子后，却完全傻眼了，仿佛遭遇了一声平地惊雷。

6.

芸芸并不在家！

而且心心还发现，自己的房间被翻得乱七八糟，地面更是一片狼藉，而且放在柜子里的 2000 元钱也不翼而飞。更让她气愤的是，妈妈很多年前送给她的一条金项链也不见了。

她下意识地认为是遭贼了。

一念至此，她赶紧跑去芸芸的房间，结果发现她那边却非常整洁，而且还空荡荡的，衣服被子箱子以及其他的生活物品都被拿走了。她急忙掏出手机，给芸芸打电话。

手机是关机的。

事已至此，她不得不怀疑芸芸才是这个真正的贼。

呆愣了感觉足足有一万年但其实只是过了 10 分钟之后，心心赶紧跑下楼去找房东，问有没有见到芸芸。房东说芸芸刚走不是很久，好像是一个男人接她的，看他们大包小包的架势应该是去火车站。

7.

不知何时，夕阳已经坠入海面，夜色开始肆意泛滥，书店的灯也早已打开，空气中流淌出一丝微醉的气息。

她喝了口水，继续不紧不慢地，跟我聊起了过去的那些故事。

她的语气异常淡定，而我却异常震惊，因为我一直以为，像她这样气质出众而且看起来一尘不染的女孩，一定是生活在某个富裕的家庭，从小养尊处优，被父母视为掌上明珠，然后在蜜罐中，无忧无虑地长大成迪士尼公主的样子。

对了，我们最初是因为一篇文章而结识的。

文章是我写的，名叫"愿你出走半生，归来仍是少年"，她无意中读到，心弦拨动，甚是喜欢。因为她是电台主播，她想把这篇文章读给更多的人听，于是便管我要版权，一来二去就熟识了。

其实，认识这么多主播，她的声音让我印象最为深刻，因为她并不是那种小甜甜或者小清新的类型，而是充满着一份独有的张力，暗藏着一份阅尽沧桑之后的从容，又好像雨滴敲打窗户一样，轻易便敲进一个人的内心。

故事过半，茶香渐浓，她笑着说："这辈子最大的遗憾就是没有上大学。"

"是吗，可你上大学之后，我们或许就不会相遇了。"

"谁爱跟你相遇啊！？"

"总有人爱……"我心想，如果没有这份相遇，那将会是我这辈子最大的遗憾。

8.

从出租屋出来后，心心的脑子一片空白。要知道，芸芸不仅偷了她的钱和首饰，另外还陆陆续续管她借过钱，前后加起来已经有好几万了。

不过，真正让她心痛的并不是钱财，而是在经历这么多事之后，她早已把芸芸当作亲妹妹一样，可没想到会遭到这么大的背叛。

雨还在拼命地下，迎接着风越下越大，她打了个摩托车，打算去火车站找芸芸，虽然机会渺茫，但好歹碰碰运气吧。

开摩托的师傅是个小年轻，而且好像急着收工回家，所以一路狂飙，飞快地穿梭于密密的人林、如织的车流和狂暴的雨夜中。

那一年，她20岁，如花一般的年纪，飞驰在城中村的小巷子中，感觉异常孤独，夹杂着一丝丝的绝望——这座城市的灯红酒绿，给了她太多太多无法承受的伤害。

突然，一个转角过后，她感觉到了一阵炫目到睁不开眼的光。

伴随着一声仿佛是来自地狱的急刹声，摩托车连人带车被撞飞了出去，更不幸的是，落地的地方，刚好是某个房子的装修现场，上面有很多的钢筋和碎砖。

9.

从医院醒来时，已经是第三天凌晨了，她身上大大小小有 20 多处伤痕，其中大腿和右脸伤得最重。

医生说，钢筋差 1 厘米就穿过她的大腿主动脉，不幸中的万幸，她算是捡回了一条命。

清醒后的当天，她痛了一整夜，而且根本分不清，到底是身体还是心里的痛更多。她整整哭了一个晚上，仿佛要把这辈子的泪水流干。而在接下来的一个多月，她也经常睡不着，在疼痛中醒来，感觉像是成千上万只蚂蚁在撕咬着全身，叫天不应，叫地不灵。

此外，也不知道是生理还是心理的原因，在以后的十几年，每当打雷下雨，她都会浑身微颤，身体酸痛。

在收到消息后，妈妈第一时间从老家飞了过来，以前的同事也轮番过来照顾她。她很开心，内心觉得很温暖，其间还得知了一个迟来的真相：当初那个所谓的"强奸事件"，完全是子虚乌有。

真实的情况是，芸芸一直就很喜欢那个男生，想着诱惑对方，结果那个男生不愿意，她就恼羞成怒，闹出了后来这么一出。

10.

就这样，一直到九个月后，心心才算彻底痊愈。随后，在朋友的介绍下，她去了一家五星级酒店做礼仪，经过一阵没日没夜的工作，很快地就做到了客户经理，负责酒店场地外租事宜。

可好景不长，2011 年的秋天，刚过完中秋节不久，老板带心心去珠海出差。出差的第二天晚上，老板借工作为由，把她叫到了房间，并软磨硬泡地让心心留下，甚至还当场拿了两万元出来 —— 这在当时绝对是笔巨款。

没有任何的犹豫，心心誓死逃出了房间，逃离了酒店，并且连夜打了个车，一口气跑了几百公里，回到家时，已经是凌晨 2 点多了。

其间，她的身体在不断地颤抖，内心则交织着恶心、屈辱和痛苦，但她却一滴眼泪也没有流。

11.

记得，罗曼·罗兰曾说过这么一句话，真正的英雄主义，就是在你看清了生活的真相后，依旧热爱生活。

心心后面还跟我讲过几个有趣的故事，比如说去学瑜伽时，有个韩国欧巴一天到晚跟着她，持续了几个月，甚至在地铁里跪下来示爱，搞得好像演韩剧一样。

又比如有一次，她录晚间节目，弄到凌晨，回家时打了个滴滴，结果走到了一半，司机说下去拿点东西，她没做多想，继续闭眼小憩，可没想到过了很久还是没到，一睁眼发现司机居然一丝不挂在开车……她吓得一动不动，然后趁红绿灯车停下来的时候，破门而逃。

然而，记忆中最痛苦的事，却是发生在 2012 年。

交往了一年多的男朋友，把她带回老家后，突然就像疯子一样把她锁起来，不准她走，而且几乎天天虐待她。男友的家人也不管不问，仿佛早已经习以为常。直到后来，她假装犯了抑郁症，然后在去看病的路上逃跑了。

……

在过去的十来年，生活一次次地给她带来伤害，她却一次次地站起来，从来就学不会世故，学不懂圆滑。面对亲友的温暖，她会用热情去感恩；遭遇世间的险恶，她也会用真诚去触碰。

就这样，她如同来自 B612 星球的小王子，也像是一只美丽的蝴蝶，始终以一颗单纯的心，一份不灭的赤诚，姿态优雅地活着，活到如今，越来越美，由内而外的美，也越活越从容，由外到内的从容，仿佛是一汪永远清澈的泉水，超尘脱俗，无花自香。

12.

不知从何时起，月色悄然退去，天空下起了雨，而且雨是越下越大，越下越张狂。铺天盖地的雨水，几乎是发泄般地敲打着窗户，天地间没有了界限，仿佛要再一次刷新这个世界。

"你有没有发现，在我的右脸上，有一个小酒窝。"我们在书店坐了不到半天，但我感觉有一个世纪这么长。故事讲到了最后，她笑着说。

"我早知道啊！"

"你不知道！"

"我瞎啊！"

"你就是瞎！快过来看看。"

我犹豫了片刻，随即挪了挪椅子，凑了过去，一直凑到能闻到她身上的阵阵幽香，不由心生涟漪。

就在这一刻，时间停止了流逝，画面彻底被冻结，我清晰地看到，她那右脸上的小酒窝，其实是一个圆圆浅浅的疤痕。

如果我没猜错的话，这一定是当年那次车祸发生时，钢筋穿过脸蛋之后留下来的伤痕。

橘黄色的灯光下，我就着一缕雨停后若有若无的月光，一声不吭地看着她的小酒窝，屏住呼吸看了许久，往事如电影般一幕幕地闪过。恍然之间，眼前的这个小酒窝，悄然变成了一朵格桑花，随后慢慢绽放，摇曳，并最终点缀在了她那颗永远善良、赤诚而且纯洁如雪的心上。

且听雨唱

大学时写的一个故事，十几年前的一份爱情，有太多的稚嫩之处，也有着略显拙劣的遣词造句，却一字不改地呈现给你。

盖因，其中藏着只有那个年代才能流露出来的情愫，青涩而纯粹；也倾诉着只有那个年代的自己才能描绘出的风月，单纯而真挚。

1.

"一如既往，平淡的生活总是穿插在偶尔的起伏和乏味的重复当中，不匆不忙地走着，却匆匆忙忙地走过，只留下一地仓促的碎痕磨合成点滴的回忆风干于心底……"合上日记本，我也合上了这一天的零乱心情。

疲惫，早已从双眼蔓延到了全身，我无比顺从地顺势倒卧在床角；灯下，一支笔从我的手中，如水流般轻轻滑落；窗外，月容失色，苍白朦胧，如梦雾一片。

还没到清晨，急促有力的电话铃声就一浪抢着一浪地从梦外传来，乍醒还睡之间，我像是一个溺水者般挣扎着睁开了双眼。听着压抑了一整夜的电话还在耐心地响着，我别无他法，只好翻身下床。

"喂，你好，请问……"拿起话筒，我机械地重复着。

"别问了！懒虫，还没起来吧？！你快去拉开窗帘看看啦！"对方的一轮抢白换来的是我的一阵迷惑，匆忙整理了一下思路后我想到了是小雨，这个常常会在没课时睡过早餐的妹子。

"哦，好的，可是……"可是还没等我再问个究竟，小雨"见"字也没说完就忙把电话挂了。放下话筒，我陡然觉得一丝寒意掠过全身，随手裹了件床单之余还抱了个枕头。

猜想着这个每天都对着的窗帘外面躲着的会是什么：流浪的小猫，疲惫的风筝，还是迷路的麻雀？我慢慢地走到了窗前。透明的玻璃窗在昨晚已给关得死死的，所以并不能如平时一样从随风飘起的窗帘中看出什么，而所有的不知道都藏在了它后面。对此我很高兴，爱睡的小雨一大早就给了我一个属于我自己的神秘礼物。

对着这个我曾拉开过无数次的窗帘，我犹豫了，因为这次的感觉像是去掀开一个陌生女子的裙子，而裙子却是熟悉的。

可我还是很乐意地做了，突现的白光霎时冻结了我半睁着的双目，同时也定格了我悬在半空中的手。透过沾满了寒气的玻璃，窗外是天紧贴着地的白茫茫一整大片，迫不及待地，我拉开了窗户，乍冷乍凉的寒意和夹杂着雪气的寒风扑面而来。

几倍于鹅毛大的雪花则铺天盖地地从看不到尽头的天空中飘落，仿佛是数不清的白色蝴蝶在空中翩翩起舞。把玩着大块大块从窗外飘进来的雪花，我似乎瞬间掉进了一个白色的海洋中，这种久违了有十多年之久的感觉不容抗拒地撩起了我漫天纷纷的感动，而凌乱的思绪也仿佛成了一只好不容易放起了却又断了线的风筝，渐渐地向远方飘去……

2.

在成为我生命中一个特殊的断点之前，小雨只是我高中的一个同班同学——夏竹雨。

在那个有着五十几号人的"小部落"里，文而不静的她就好比是一朵湮没在春色里的花，起初并没有引得多少游人的驻足。而身为班上的团支书，我的学韬体略和能说会笑让我很快就和大家打成了一片，同学们也都渐渐成了朋友。

生活中，很多人都知道，失去了花香的花即使再美，也绝不会让我们心动。可感情中又有多少人知道，一个人真正让我们心动的会是什么呢？

最初正式接触小雨是在班上的一次局部性的座位调整后，我坐到小雨的前面。还记得当时，我极其夸张地搂着一沓齐眉高的书来到了我的新位置。书刚放下，一个春风般的微笑就拂面而来，亲切而自然，油然而生的是一种初至如归的感觉。

自此之后的朝夕相对和早晚共处，我们从一般的同学变成了无话不谈的朋友，也让我对她的称呼从夏竹雨叫到了竹雨再到小雨，而这样的关系一直延续到了不久后的中秋节晚上。那天没有课，我们相约一起去逛街，回来的路上小雨说想要份中秋节礼物，我说："好呀！可现在月亮都快下山了，我还能送你什么呢？"

"啦——你快看，今晚的月亮好圆，也很美呀！所以……"煞有介事地望着夜空，小雨突然就蹦出一句，"良辰美景奈何天，本公主难得今夜有这个雅兴，决定收你做我的哥哥。"

"唉，看来我只好委屈自己一回了。"在认义兄干妹如现在早恋晚婚一般流行的那个年代，我笑着答道，"可这跟你让我看的月亮有关系吗？小雨——妹妹。"

"不知道，也许是'都是月亮惹的祸'吧。"她说完就看着我笑了起来，在如玉般皎洁的月光下，我觉得眼前的一切都加了滤镜。

有人说，飞扬的柳絮是风的碎语，花间的露珠预示着希望的一天，飘落的黄叶则是藏不住的秋色在蔓延。然而，所谓的爱情真谛又是什么呢？

我想，只有那些见证了感情的细节，那些诉说着感动的轨迹，才会是你我这一辈子的牵挂。

正好比处在大都市里的人，无法感受到天蓝水绿虫鸣鸟唱一样，居住在我们这个远离喧嚣的江南小城市，你是找不到理由去担心空气质量、饮水污染和交通堵塞等问题的。结果就是当 SARS 肆虐全国的时候，这里的人们依旧吃喝随欲，这里的街道依旧车水马龙，而这里的爱情依旧风花雪月。

但是，上帝有时也是公平的，随着疫情的蔓延和恶化，终于有一天下午，当我们还坐在教室里念着"长太息以掩涕兮，哀民生之多艰……"时，学校难得一用的广播突然响了：

"同学们，请注意，刚收到紧急通知，有一辆从广州来的长途客运车上的一名旅客被确诊染上了 SARS……"话音未断,整个教室瞬时像给放了颗炸弹般炸开了,"而更让人担心的是同一班车的其他旅客也很有可能已经……"

后来教室就再也安静不下来了,大家都在交流着诸如"小爱,好像你前天有说过你那会给你买生日礼物的大姨妈去了广州对吧?""Coral 兄,你今早不是有说你哪里不舒服吗?""大勇,你说要是我不幸染上了 SARS,你敢去医院看我吗?"此类的问题。

消息传出后没几天,当我意识到需要去买药预防的时候,全城上下的药店无论大小公私新旧都已被"洗劫"过了。想起度假在外的爸妈现被封住了回来的路,我怅然若失。晚自习回家时,小雨叫住了我,一回头就看到小雨双手托着一个盒子站在我面前。

"这位帅气无敌的同学,你能帮我把这药送给我那团支书'哥哥'吗?谢谢你啦!"话音刚落,小雨已经自己笑开了怀。

"好的,一定挂号送到。"我内心一片凌乱。

那一刻,看着她我很想说:"其实,你的笑容就是我最好的药。"即使是毒药也会是最好的……

3.

"快起来了!下雪啦!"妈妈敲着房门大声地嚷道,"周末也不能这么晚起呀!"

"知道了,早就起啦,一会儿就出来。"我回过神来忙答应着。

"哦,那就好,天冷要记得加衣服别着凉了……"

窗外，雪花依旧纷纷如雨，悠悠扬扬。"忽如一夜春风来，千树万树梨花开"，风雪中，我仿佛看到了小雨正在对我微笑，漫天的银装素裹在她的周围，美丽夺目，让人窒息。

短暂的冬天过去了，大家都在多雨的春天忙了开来，因为到了夏天就要决定高二分班的选科了，而当秋天来临，我再回到教室时，后面坐着的也将不会是小雨。

分开，已是必然；

失落，时而缠绕心头；

也许，我需要的只是尝试的勇气。

不知不觉，炽热的夏天也走到了尽头，徘徊在友谊与恋情的边缘的我们依旧没有选择改变。一如既往，小雨向我借东西时仍会在我背上用手指比画着让我猜，而我也还是会笑她早餐吃这么少一定很好养……点点滴滴，片片断断，却记忆犹新。

然而，等到下一个夏天到来之时，我们又是否会依旧如昔？抑或早已是人随物非？又有谁知道呢？

一直以来，我都相信，感情的真实并不在于一起风花雪月过几回，寒夜数星到几更；也不在于共同看过了几次花开花落，云卷云舒，或是听过了几夜潮起潮退，窗言窗语……而是在于那些真正感动过我们的回忆有多少，温暖过我们的流年有几分。

一个周末的下午，因为快下雨了，天色很快就暗了下来，匆匆的一天的课总算补完了，我收拾着准备回家。虽然没有带伞，但是淋惯了雨的我在这个时候倒是更希望会有一场大雨，也好冲去这一个礼拜的疲惫和困倦。

倾盆的大雨说下就下，在做了简单的防水措施之后，我深吸了口气正要冲出校门，突然听到后面有人在喊我，我忙收住去势往回看，果然是小雨——我那自从分班之后就不能常在一起的小妹妹，还未等我误会她是不忍见到"手足"淋雨而来送伞的，小雨已经站到了身前。

"你也没带伞吗？那一块走吧。"她笑着说，"雨好大呀！"

愣了半会儿，我马上打趣道："我有带呀！不过——正当我要走的时候偏碰到一靓 girl 形单影只地望着雨无奈到出神，于是……你也知道，于是我就断然沿袭一贯的爱美之心和怜花情怀，把伞让出去喽！"

不出所料，我的话并没有像以前一样如撞到了墙壁的球般马上给她弹了回来，小雨只是恬恬淡淡地笑了笑，然后就眼神示意说不如冲吧。

残留的天色已经悉数退去，哗啦啦的大雨还在不断地下着。迎着夏风一左一右，我们如脱缰骏马般飞驰着冲出了校门，前面是如织的雨幕，身后却是一阵喧哗如歌。

往日昏黄如豆的路灯此时也全亮了，抢着把雨中的街道映得脸色苍白；而平时川流的车辆此刻也不知停滞在何处，偌大的街道上，几个行人在已经积了水层的街道上小心地走着。伴着清脆的雨声，不断地摔打在地面上的水珠溅起了朵朵晶莹的水花。

雨势不减反增，轮子踏着雨水飞速在旋转，耳边的狂风呼呼作响，我早已被淋得一塌糊涂，衣服贴着皮肤让我觉得一个人的确是可以由水做成的。因为担心小雨会感冒，我一再地提议说不如先去避避雨，她却再三坚持着表示拒绝。

再过了一会儿，我甚至都不敢再看小雨了，雨中的她很轻易便让我产生超越兄妹情感的念头：微染过的中长发沾着水被风撩起，如线的雨水不断地沿着她那藏着些红的脸颊淌下，而天蓝色的背包安静地躺在小雨的白 T-shirt 上，青春而清纯，自然而美丽。

就这样也忘了到底走了多久，我却仍记得在分开的时候，小雨笑着告诉我，她一直都希望能够陪一个人去沐雨浴风，因为这样的回忆很美。

我知道，那个人就是我，因为我还知道，其实小雨是有伞的，在碰到她之前我已在校门口碰到了她那来送伞的妈妈了。

看来，小雨也是爱雨的……

4.

如果说，紧张而忙碌的高三生活就像是一本只有读完了才会让人觉得不厚的书，字字页页，写满了快乐、忧伤、无奈和彷徨；页页章章，记满了平淡、无聊、乏味及匆忙。

那么，到了最后，你还能够记得书中的多少点滴，这段曾刻骨铭心过的回忆你就会留下多少。

就像是一场精彩的足球赛里你狂奔疯带了几百米后直插到了禁区前沿，最好还是晃过了"龙门"之后，却突然脚底抽筋射不成门一样，缺少了高三的高中生活只能算是一个莫大的遗憾，这一年过后你会发现，高中的前两年其实是一转身就过去了，而到了高三，却似乎是一眨眼就得收拾包袱毕业了。

但是，短短的一年，却让我们学会了更多的东西，明白了更多的道理，也变得更了解自己了。然而这一年对于我和小雨之间的故事，仿佛是一个三百六十五天的冻结，其实我们都知道为什么，却又没有人能说清是为什么。

毕业那天晚上，我没有看到小雨，因为我没有回家，和一群朋友待在一起疯玩到日出，次日回到家中时，妈妈告诉我电话里有个女孩找了我好几次，声音开始还是甜甜的后来却变得沙沙的。

两个月后，刚过完了18岁生日的我，踏上了南下的飞机，来到了一所临海的大学，开始了我期待已久的漂泊在外的生活。小雨则去了有两个多小时车程之远的另一所大学。机场挥手之前我还收到了小雨的礼物，那是一个刚好用27个不同颜色的纸鹤做成的风铃，如小雨一样别致，碎风吹过，风铃就会旋转着发出好听的声音。

又是一年落黄时，走在大学的校园中，我想起了小雨在信中的一句话：

等一朵花开的时间需要很长很长。

看一朵花谢的时间却只需短短片刻。

正如爱情，

用很长的时间，

去找一个人，爱一个人。

但只要轻轻转身，

他，

便消失在了视野之外。

反反复复，前前后后，寻觅了这么久，我却还是不确定，一直要找的那个人，到底是不是小雨？

【不算后记的后记】

南雪纷飞，退不去点点残留在手心的温度；夜月如水，洗不尽滴滴藏匿在雨中的感动——旧日的回忆，如童话般渐渐地铺开在眼前。此刻，心如止水，只因为明天，夏竹雨和沈二之间的故事依旧会继续。

也许，爱的剧情才刚刚开幕；

也许，绕了一圈，他们最终还是会走在一起；

也许，擦肩而过的那一刻，双方都忘了回头。

然而，不管最后的最后如何，我们只需记得，他们都是有故事的人。

你我也是……

永不消逝的怦然心动

1.

8 年了，这已经是我第 9 次梦到她。

也可能是第 10 次，或是第 21 次，魂牵梦萦，记不太清。

2.

浅蓝色的窗帘，不知道何时被拉开了一道手掌宽的缝隙。

惨白色的月光，带着淡如细沙的雾气，偷偷地穿过缝隙直射进来，恰好落在我的身上，也照进了我的心里。

恍惚间，一股难以名状的凉意骤然升起。

此刻是 2019 年的 2 月 1 日，我从沉沉的梦中惊醒，应声而起，满身大汗，好像刚洗完澡出来。

半晌过后，我才回过神来，清楚自己身处何方，正在何地，同时也发现了旁边还睡着一个姑娘。

她是南馨，我的未婚妻，只见她半透明的睡衣下，胴体曼妙，曲线柔美，好像是一台高雅而性感的钢琴，让人忍不住伸手抚摸。

然而，她的呼吸又是如此地平静、祥和，映衬在一副玉洁无瑕的表情中，正所谓"夜月一帘幽梦，春风十里柔情"。

3.

对了，我经常梦到的那个姑娘叫若竹。

这么多年了，从若竹的身上，我学会了"魂牵梦萦"这个成语的意思，也明白了一个人住在另一个人心里十年的感觉，正所谓"十年生死两茫茫，不思量，自难忘"。

然而，我跟她的故事却是非常简单，没有突如其来的车祸，没有撕心裂肺的绝症，更没有霸道父母所导致的纠缠曲折的分离……但我不知道，若竹到底是从何时开始，住进了我心里，像是在电影《志明与春娇》里，春娇哭诉的那句台词：

"我真不知道他从什么时候开始影响我这么深。"

4.

还记得，第一次见面的时候，我们都还很年轻，青春正好，风华正茂。

忘了是夏天还是冬天，总之是一个非常温暖的下午，暖到如同寒冬的阳光；也忘了是晴天还是雨天，总之阳光很好，好到分不清是梦境还是现实。

我坐在办公室的一隅，困倦疲惫，昏昏欲睡，继而进入放空发呆状态——每当连续工作两个小时，我就会不自觉地发呆，内心蠢蠢欲动，总渴望能够在外面的世界跑跑。

但我知道，我只能坐在这个只有几平方米的地方，如同一只困在笼子里的鸟，迎合着这不尽人意的宿命。

5.

就在这时，楼道的下面（公司是双层复式的），突然传来了一串高跟鞋的"咯噔"声，由远而近，清脆响亮，并慢慢地延伸至了楼梯口。

终于，在漫长的九节楼梯过后，你应声出现在了二楼的楼梯口，然后稍作停留，四下张望，顾盼生辉，随后跟随上来的还有 HR 经理。

这么多年了，我依旧清晰地记得，你带着远方的一束光，一阵空谷幽兰般的清香，一份自由和爱的呼唤……来到了我的身边，让我想到了从小到大看过的所有故事里的女主角，所有电影里的女一号，所有情歌中想要表白的恋人。

你的眼睛宛如一汪秋水，脸上的肌肤跟大腿一样亮白，水润剔透，脸有些轻微的婴儿肥，但刚刚好 —— 对了，最忘不了的是你的头发，那是一袭乌黑油亮的足以代言清扬、飘柔、海飞丝、潘婷等所有广告片的披肩长发。

"上帝佛祖安拉啊，请让这个单纯而美丽的姑娘坐在我旁边吧。"我心里默默地祈祷着，以一种前所未有的虔诚。

漫长而忐忑的 7 秒钟过后，谢天谢地，愿望成真。

当你在我侧后方位置上坐下的那一刻，整层办公室乃至整栋写字楼甚至整个世界，都好像倏地被点亮了。漫天的玫瑰花瓣，恣意地飞舞，并伴随着阵阵的清香，瞬间淹没了我所有的思绪。

6.

对了，若竹是哈尔滨人，一枚典型的东北妹子，性格豪爽，敢做敢当，不扭捏造作，不婆妈事多。

虽说有一点点的婴儿肥，身高也没有到准模特，但她"手如柔荑，肤如凝脂，领如蝤蛴，齿如瓠犀"，典型的美人。

此外，她说话有一个特点，那就是短句居多，而且总藏着第四声，听起来颇有气势，比如说破玩意、破事、墨迹、嘚瑟、闹心、板正儿……所以每次听她说话，我都觉得特别有意思，感觉听一辈子耳朵都不累。

在工作方面，我们是这样分工的：她负责设计，我负责文案。也就是说，我苦思冥想或是挑灯夜战出来的任何文字，都得通过她的审美去呈现给消费者。

众所周知，任何的宣传物料都是文案先出来，才能正式做设计，所以她总是比我晚下班。如果是以前，只要没我什么事，我肯定会一溜烟地先走了，现在我却非常有耐心地等她。

就这样，不知不觉，我从一个以前特别不爱加班的人，变成了公司最勤快的三好员工。

看来，人总是会变的，哪怕是一只从未想过停留的鸟儿。

7.

有时候，像沙丁鱼一样被挤在晚高峰的人潮里，我会突然忍不住傻笑，然后非常自恋地认为，若竹穿越了几千千米的距离，25年的时间，来到了我所在的城市，就是为了跟我重逢，再续前缘，正如王家卫所说的，世间所有的相遇，都是久别重逢。

然而，不管怎么样去脑补，我始终没有真正地憧憬过，我们的未来会在一起——我总觉得，自己配不上这样一个美好的姑娘，或者说，我自卑地认为，我养不起她。

8.

半年后，公司计划开办一场大型的全国招商会，地点几经斟酌，最终定的是江西庐山。

这是我们第一次出差，而且还去这么远，所以非常兴奋。更让我兴奋的是，公司因为预算的问题，并没有安排飞机，而是安排了火车卧铺。而若竹的卧铺就在我的旁边，我几乎能闻到她身上的气息。

就这样，我们一路吃着零食唠着大嗑，欢快地走了两天一夜，浑然不知疲倦，"风行了八千里，不问归期"。

招商会非常成功，在庐山的最后一晚，庆功宴结束后，我跟若竹以及另外一个较好的同事，相约一起去散步，然后不知不觉就走到了一个幽静的湖边。

眼前的湖并不大，但水很绿，透着静谧的光。岸边有一艘小船，船上还有两支木桨。兴之所至，我们决定泛舟游玩一番。另外那个同事，也不知道是因为胆小，还是心领神会，说他不上去了，在岸边等我们就好。

夜凉如水，月亮不知道哪时候爬了出来，皎洁明亮，美到让人窒息，晚风习习，清凉入心，我们的小船很快就来到了湖心。

突然，原本平静的湖面开始波动了起来，并且随着波动幅度的增大，形成了一个恐怖的漩涡，而且漩涡越来越大，我们还没有反应过来，就被吸入湖底。

然而，神奇的是，我们并没有呛水，也没有翻船，而是进入了湖底的深处。我们的周围，有一个淡蓝色的光圈包围着我们，并形成了一个巨大的圆球。透过这样一份静谧的蓝光，我们清楚地看到了光圈外的湖水，各种各样的鱼虾正在惬意地游动……美轮美奂，仿若仙境。

再次醒来的时候，已经是第二天清晨了。

阳光、清风和悦耳的鸟鸣声，把我们从沉沉的梦中唤醒，我跟若竹回到了岸边，同事则早已不知去向，想必已经回去了。

对于昨晚的奇遇，我跟若竹都觉得不可思议，但又不知道怎么解释，所以就当作我们的秘密，埋藏在心间。隐约间，我感觉我跟若竹的感情，因为这样一个特殊的夜晚，有了巨大的升温。

9.

2017 年的秋天，我跟南馨，还有另外一对朋友去九寨沟游玩。

到镜海的时候，我发现这一片湖泊，竟然是如此的绝美、幽静和令人窒息。"鱼在云中游，鸟在水中飞"，那一抹纯粹的蓝，让我突然想到了多年前在庐山遇到的那一个湖。

当晚9点时，我们遭遇了人生中最惊心动魄的十几秒——7.0级地震发生了。那时，我们都在酒店里，只觉得天地间一阵摇摆，整个世界摇摇欲坠，我很快就意识到了是地震，急忙夺门而逃，并且思量赶紧去南馨房间看看。

可没想到，一打开门就撞到了南馨，头脑顿时一阵晕厥，还没反应过来，南馨就二话不说地拉着我的手往楼下冲。

下楼的那一刻，我毫不犹豫地决定，生命其实很脆弱，这么多年了，也是时候安定下来了。九寨沟回来的路上，我跟南馨正式确定了男女关系。

10.

2009年的年初，公司组织去花都的一个度假村团建，其中一半是开会，一半是游玩。

其间，老板不知发什么神经，竟然三令五申，晚上要早点休息，决不能到处闲逛，可后来我还是约若竹出来了。那时适逢元宵佳节，所以我还偷偷地买了一大束烟花，想着给她一个惊喜。

我永远也不会忘记，那天晚上，我们正在度假村的后山放烟花，四下里没有一人，风仿佛也安静了下来，若竹的眼眸被烟花照得发光，如同黑色的宝石，映照着这个世界。恍惚间，她对我说："要不你做我的男朋友吧？"

11.

"我们结婚吧。"

在星野 tomamu 度假村，我们漫步在冰天雪地中，像是漫步在了童话世界里，天地之间早已分不清界限。南馨如小鸟般依偎在我的身边，嘀嗒嘀地哼着刚学会的日文歌。

听到我求婚后，她睁大水汪汪的眼睛，愣了足足有半分钟，随后干脆利落地说："好吧。"

"什么叫好吧？"

"好——呀！"南馨用尽全身的力气，对着漫天的雪花和清澈的天空大声地喊道。

"你不介意我把钻戒的钱省下来，给你买了两张机票让我们来到这里吧。"

"当然介意啊，可我有什么办法呢，你长得这么这么这么像我的——白色恋人啊。"

就这样，阵阵的欢声笑语，迎接着漫天的飞雪，飘荡在整个北海道的上空。

那一刻，我以为这就是幸福，寻觅了多年的幸福。我也坚信，我们一定会幸福的。

12.

那一刻，我犹豫了。

虽然我的脑海中闪过无数个念头：童话爱情，牵手亲吻，性爱蜜月，婚姻幸福，买菜做饭，工作养家，照顾萌宝，环球旅游，白头到老……

然而，我最终还是犹豫了，沉默了，没有直接给若竹明确的答复。

原因很简单，我当时有一个女友，虽然我们当时是异地，而且关系接近破裂。或者，这只是一个懦弱的借口罢了。

13.

其实，这么多年了，有关若竹的梦，可以说是千奇百怪，五花八门。

比如说，印象最深刻的是，一个有关性爱的梦。我们在绿色的草地上，蓝天白云，风和日丽，一件件的衣服被含情脉脉地退去，一切都是那么美好。

然而，接下来梦境峰回路转，不管如何探索，却始终不得其法，虽然我知道她已经完全打开了身体，也在耐心地等待着我。

有人说，梦是自己内心有牵挂。

还有人说梦是因为对方在想你，思念穿过云端，跨过山海，被我们感应到了。

我宁愿相信是第一种。

因为我不想她像我那样，承受着不尽的相思之苦。"此情无计可消除，才下眉头，却上心头。"

14.

从 2011 年起，我走马观花地换了好几个女友。

但她们都无一例外地由爱人慢慢变成了前任，甚至有些人变成了别人的新娘和妈妈。可我却一直还在寻找，寻找一个可以让我心动、心暖和心安的港湾。

15.

从花都回来后，若竹心有芥蒂，开始有意识地跟我保持朋友的距离。我几次试图修复，均以失败告终。

我知道，我们之间的那根弦断了。感情的事，浓度到了，往往就是逆水行舟，不进则退。如果不能进阶成恋人，我们很可能会慢慢退回成普通朋友，甚至陌生人。

左右权衡之后，终于，在当年的圣诞节来临之前，我跟女友分手了，结束了这样一段不死不活的关系。

随后，我整装待发，厉兵秣马，准备向若竹发起一轮恋爱攻势，可出乎意料的是，若竹简单直接地拒绝了我，这让我黯然神伤，后悔莫及。

没多久，我便离开了公司，去了外省，从此跟她聚少离多，天各一方。

16.

时间如白驹过隙，直到 4 年后，一个偶然的机会我才知道，当时我们共同的上司已经在追她了，给她买花送礼，嘘寒问暖，并且鞍前马后地上下班接送，同时也借助工作便利跟她在一起了。

没过多久，他们就正式交往了。

我不知道这跟我后来离开公司有没有关系，也不知道当时若竹是报复我，还是真正地喜欢上了我们的上司……但我非常确定的一点是，听到这个消息的一刹那，我的心弦似乎突然断了。

后来，我们再也没有联系过了。

17.

不得不说，这么多年来，交往过这么多个女孩，无论外貌，还是内在，以及世俗的经济条件和家庭背景，南馨都可以说是一个完美女友，也一定能成为一个完美新娘和幸福伴侣。

但是，我总觉得我配不上她，因为我的心还没有全然地安定下来，也没有做好准备一辈子守护这样一个天使般的女孩。

记得，在电影《一代宗师》中，宫二曾深情地对叶问说："人生若是无悔，那得多无趣啊。"

每每想起这个场景，想起宫二眼中的那一抹沧桑和欲流未流的眼泪，我都会黯然神伤，心如刀割。

18.

2019 年的岁末，我去了南馨的老家，一个南方的沿海城市，其乐融融地过了一个大年。南馨的父母对我印象不错，我觉得他们也确实挺好的，有着中国当代父母难得的开明豁达，而且也非常质朴。

然而，我并没有像原计划那样，待够一个礼拜。年初二的晚上，我就跟南馨说，语气非常坚定："我明天先回去，有些事情，终究逃不过，一定需要解决。"

南馨似乎也觉察到了什么，但并没有表示出任何的质疑，而是跟我说了一句话，语气平和，意味深长："把事情处理好，我等你，两个月。"

南馨就是这样的一个女孩，善良而单纯，而且充满着女性的智慧——毫无疑问，她值得爱神和幸福的眷顾。

也正因如此，我心生愧疚，无法装作什么都没有发生地进入婚姻，这对她来说不公平。要知道，直到现在，我也不确定，这辈子我最想与之虚度余生的姑娘是谁。

19.

元宵节的晚上，在经历了多日的失眠后，我终于鼓起勇气给她打电话。电话响起的那一刹那，仿佛过了几年，几辈子，甚至是漫长的几个世纪……只见铃声越来越大，越来越清脆而响亮，并瞬间湮没了全世界的嘈杂。

恍然间，我分明听到了一份久违了多年的怦然心动。

二、我想和你虚度宁夏

"芳菲歇去何须恨，夏木阴阴正可人。"

二

我想

和你虚度宁夏

芳菲歇去何须恨，夏木阴阴正可人。

异乡人

1.

2021 年的夏天，七月如火，热浪如织，我终于还是乘着滚滚的夏风，来到了这座古老而年轻、沸腾却平庸、明媚而阴暗的城市，感觉就像是多年前第一次约会那样，新鲜，兴奋，内心充满着莫名的悸动，有一种随时想要迷路的感觉。

说实话，对于这座城市，我一直以来的印象都是乌烟瘴气，繁华低俗而且肉欲横流，可让我没想到的是，到达目的地后却意外地发现，眼前的大街安静而空旷，交错的小路干净而整洁，现代化的高楼林立成森林般的样子，阳光出奇地好，天空出奇地蓝，空气也出奇地清新。

跟我一起来的姑娘，清纯而漂亮，如山间的清风，像古城的阳光……我一直坚信，我会爱她一辈子。

然而，就在一年后，当我跟另一个女人纵情声色之时，却把她彻底地遗忘在九霄云外。

2.

之所以来到这里，是因为我换了一份新的工作。

说实话，这是我梦寐以求的 offer：世界顶级企业，工资翻倍，18 天年假，外加各种显性、隐性福利，符合职业的长远发展，也符合个人的兴趣理想……唯一不好的就是，需要我背井离乡，离开我那个熟悉了多年的城市和城市中所爱的姑娘。但仔细想来，一辈子这么长，老守着一座城也未免太单调无趣了，换个地方发展，或许能让人生变得更加开阔。

对了，公司所在的办公大楼，是这座城市里最高的楼，一共 66 层，耸入云霄，蔚为壮观。

很快地，利用周末短短两天的时间，我便租好了房子，房租不贵，而且离公司很近，一首歌的时间就能走到。

周一，我如期前来报到。公司在 55 楼，上班的人不是很多，所以电梯显得空旷而惬意，再一次加深了我的好印象。

但奇怪的是，刚进到办公室，我就感觉一阵阴气扑面而来，冷得我大热天的直打寒战。好不容易调整了下，我又惊讶地发现，办公室内的灯光怎么这么幽暗，好像停电一样。

事实上却没有，因为我看到有不少的电脑打开了，另外还有稀稀疏疏的几盏小灯，埋藏在偌大的办公室中，显得格外地孤独——当然也可以说是荒谬。

最让我纳闷的是，虽然是大白天，但每一个窗帘都拉得紧紧的，拒绝任何一点光进来。

因为来得太早，我只能先坐在门口的接待室等人事，看着一个个同事前来报到。隐约中，我发现有些人毛发浓重，像是几年没理发一样。有些人则长得像野兽一般狰狞，兽牙尖尖地露了出来……但他们都清一色地穿戴整洁，西装革履，脸上泛着浓浓的挥之不去的困意。

3.

接待我的是人事部的经理，名叫燕燕，南方人，年龄模糊，因为她是一个酷爱化妆的姑娘——据说她睡觉都要化妆，为了在梦里给别人好印象，所以除了爸妈，而且还是早年的爸妈，几乎从来没人见过她的庐山真面目。

有趣的是，后来有个男同事跟我说："我见过她的裸体，前后十几次了，连身上有哪些文身哪些痣都一清二楚，却从来没见过她的裸妆。"

燕燕让我填完表格之后，就笑嘻嘻地跟我说："对了，作为一个新同事，你可能会觉得这里的某些员工很奇怪。不管男女，他们的毛发都比较多，而且样子也有些怪——像是在搞化装晚会一样。但不用害怕，他们最开始也是跟你一样的，只是慢慢就变成现在这样的了。"

"因为什么呢？"我很好奇地问。

她笑了笑，露出一份成熟的羞涩感："你很快就会知道的。"

4.

对了，我的职位是市场部经理，负责公司的市场部管理工作，主要包括品牌宣传、市场活动、新品上市、项目推进、员工培训等方面的工作。

我的直接领导是中国区的总经理。他是一个来历不明的瘦子，戴副眼镜，喜欢笑，但笑起来让人难受，笑久了更让人心生绝望。他还是一个工作狂，一天到晚都在开会，上班开会，在家开会，上班到下班的路上开会，吃饭开会，洗澡开会，按摩开会，跑步开会，跟国外总部开会，跟代理商开会，跟分公司的同事开会，跟自己开会……总之，直到两个月后他被公司开掉，他都还在开会。

我的团队一共有 5 个人，男女比例良好，年龄比例适中，除此之外，我还有一个庞大的数不清到底有多少人的虚拟团队，他们平时不坐办公室，而是在现场门店上班，或是假装在上班但其实躺在床上跟门店的导购滚床单。

说实话，我挺喜欢他们的，因为从他们身上我似乎看到了多年前的自己，刚从大学毕业不久，对未来无可救药地乐观，稚气和志气并存，热血和狗血齐飞。

5.

来公司的前两年，我非常用心地工作，经常加班加点，任劳任怨，兢兢业业，始终保持着高昂的斗志和持久的激情，仿佛一夜之间回到了十几年前的高考奋斗岁月。

然而，随着最初新鲜感的流逝，我的热情被慢慢地消磨，加上人事的斗争，长久的压力以及离家太远的孤独，也让我越来越怀疑工作的意义——特别是每次新品上市之时，铺天盖地的项目，各级领导的指令，加上密不透风的琐事，我们需要成夜成夜地加班，每次搞完都像是脱了一层皮，得睡个几天几夜才能缓过来。

如你所知，身在职场，无意义的饭局特别多，而且有饭必酒，每次都喝得酩酊大醉，头肝胃喉心都难受。没有饭局的时候，我经常一个人吃饭，躲在楼下的一家偏僻的汕头粉面店，而且每次吃的都是同样的菜式：烧鹅濑粉——唯一的区别，就是偶尔加份葱花煎蛋，偶尔则加份手拍黄瓜。

另外，我还爱去一家西餐厅，里面有一个服务员特别漂亮。我一直想约她出去风里跑跑，可一直没有勇气；好不容易有勇气的时候，也会觉得不太好；好不容易觉得好的时候，她已经换工作了。

这让我想起了王家卫的一句话："有时候遇见一个人，感觉他非常有意思，印象深刻，但是后来就再也遇不见了，这就是人生。"

有一次，我跟阿浩讲到这个人生哲理。

他喝了口啤酒，点头表示认同，然后以 44 度角望着天空中的夜色，若有所思地说道："有时候遇到一个姑娘，胸很大，皮肤很白，印象深刻。但后来再也遇不见了，这就是人生。"

阿浩跟我一样，他老婆也是远在外省，聚少离多，山高皇帝远。同样是在这个城市打拼的异乡人，他比我早来半年，跟曾经的我一样，怀有纯真的梦想和职业抱负，但也跟现在的我一样，有着始终缠绕于身的孤独和逐渐麻木而疲惫的身心。

6.

2023 年刚过完元旦不久，我认识了一个名叫琳琳的姑娘。她是广告公司的客户经理，25 岁，不笑的时候很酷，笑起来的时候很美，很性感，丰乳肥臀，大腿上还有玫瑰的文身 —— 别问我是怎么知道的。

另一方面，她又是一个神秘的女孩，没有人知道她是否有家庭或男朋友，甚至是不是几个孩子的妈。

认识琳琳后不久的一个晚上，我们一起参加了一个饭局，席间我喝得有些多，但她好像比我喝得还多，偶尔还豪爽地帮我挡挡酒。饭局散场后，我本打算送她回家，结果她却坚持要送我，其中的醉翁之意，自然是心照不宣。

回到出租屋后，我借着酒意，问她要不要上去休息一下，顺便去阳台上看看夜色，那里的风很大，景很美，特别适合这样的夜晚。

后来的故事如电视剧般恶俗，我们很快就在阳台上忘情地拥抱和亲吻，对着满城的灯火和马路上的川流不息。好像天地之间只有我们，没有了其他。

那一刻，我也不想有其他。

7.

直到多年之后，我都能清晰地记得，正是从 2023 年的夏天开始，我身上的毛发越来越多，越来越厚，它们从心脏处的皮肤开始茂盛，慢慢地开始从身体的部分蔓延。

与此同时，我的脸形开始变小变尖，皮肤越来越粗，牙齿也开始越来越长和锋利。

此外，我的意识开始变得混沌，不太愿意多想事情，但手脚却越来越敏捷，越来越有力量……一切的症状都在表明，我正在往一个新的城市半兽人转变。

8.

与此同时，如愿以偿地，琳琳成了我的地下情人。

最开始那阵子，我带着琳琳到处去玩，去吃各种美食，到处疯狂地拥吻。

有一夜，我瘫倒在阴冷的马路上，望着头顶的星辰，内心无比地空虚和惆怅，头一次想要离开这座城市。

9.

不知不觉，已经在这座城市待了五年了。我不知道，还会在这座城市待多久 —— 或许是五个月，抑或是三年，甚至是十年。

公司的业务越来越差，大中华区换了一个新的领导，据说分公司有可能被撤掉，朝不保夕的架势，大家都开始人心惶惶，各奔东西，团队里的人也开始陆陆续续地跑到竞争对手那儿。

与此同时，公司各方面的营销预算开始迅速地缩减。比如说，以前一个月几百万的市场营销费用，现在变成了几十万，而且审批的人，以前不过几个人，现在有二十几个人，其中包括业务线、财务线，甚至还有人力资源线。至于人员，则有分公司的领导，也有总公司的领导，甚至有些费用得报批到国外集团总部。

所以，有时候为了赶一个活动，我们需要不断地打电话催人去审批，催的方式也是五花八门，从手机到公司座机，再到微信短信，甚至是公司自己研发的沟通软件……往往一个项目批到最后，好不容易批下来了，已经错过了最佳的市场时机。

10.

很快地，我也习惯了自己半兽人的样子，有时候看到新来的同事，也会跟他们开开玩笑，吓唬吓唬他们。

至于合作的代理商和广告公司，对于我的变化似乎完全在预料之中。他们会经常找机会带我出入各种高级场所，其中的很大部分都有情色的意味。

说实话，去这些地方的目的，一个原因是自己想去体验，另一个非常重要的原因，是需要提前了解，以便招待总部或国外集团总部的领导。

每次他们下来检查工作，我都需要尽可能地安排妥当，当然，公司明面上那几千元一次的招待费肯定不够，吃个好点的农家乐都成问题。所以，大多数时候，我都要巧立名目地动用业务资金。

11.

我所在的城市离家有五个小时的车程，最开始的时候，我是每个礼拜回一次家。三个月后，我是半个月回一次。半年后，我改成了两个月回一次，有时候三个月也不想回一次……不是因为我的工作越来越忙，而是越来越觉得回家没什么意思。

每次回到家之后，我都会从兽变成人，然而对妻子越来越没有耐心和激情了，觉得家里的生活是如此平淡无奇，如同一潭死水。

12.

2027 年，公司的业务从多年前的全球第一，迅速下滑，一泻千里，到年末时，真是让人大跌眼镜，直接被挤出到前十开外了。

公司里的人越来越少，有些是被裁的，有些是自己主动跳槽走的，几乎天天都有告别宴。后来有一天，因为下雨不好打车，喝了点酒之后的我，依旧坚持开车回去，结果却一口气开上了绿化带，差点开进路边的阴沟。

我清楚地记得，撞车的那一刹那，脑海中跳出的画面就是妻子年轻时候的样子。

然而，我并没有把这件事告诉她。伤好了后，我继续在原来的生活轨道上滑行，浑浑噩噩地过着每一天，行尸走肉般地活着，找不到生活的意义。

13.

2029 年夏天的某个晚上，我跟阿浩一起在老地方喝酒。他说，下周是老婆的预产期，他打算休一个礼拜假回去，要当爸爸了，也准备玩好了收心了做超级奶爸了。我一连喝了三杯，热情地祝贺他，内心却始终快乐不起来。

那是我最后一次见到阿浩。

他这次休假，再也没回来。我也一直没有联系上他，直到后来有一天，我收到一条短信，他说我准备自杀了，孩子刚出生就被查到有艾滋病，老婆痛苦到严重抑郁了。

我赶紧用电话打回去，可对方马上就挂掉了，再打过去，已经关机了。

得知消息的那一刻，我愣在原地足足有十分钟，大脑一片空白。当晚，我推掉了原计划的应酬，连夜开车回家。

一路上，我想了很多，点点滴滴，片片断断……最后却始终定格在了多年前的那个夏天，阳光是如此明媚，天空是如此清澈，那个如风一般的姑娘，跟我一起乘着夏风，盯着炙日，去到那个陌生而新鲜的城市，一切都像梦境般美好……

一直到凌晨 2 点，我才回到小区，进到房子。昏黄的灯光，窒息的空气，四下里一片死静，静得连针都听得到，我静静地看着已经睡去的她，眼角还挂着恬淡的笑容，已经不再年轻的她，却又是永远停留在初见时的那份容颜。

那一刻，我下定了决心，不管如何我都要离开那个城市，哪怕失业我也要回到这个姑娘的身边，并且用尽余生去守护我们的幸福 —— 我再也不想也不要做一个打着梦想的幌子却始终迷失了自己的异乡人。

最漫长的加州梦

1.

一不小心，从六朝古都南京，来到好莱坞之城——加州，已经有整整十一年了。然而，比这十一年更漫长的，是刚刚过去的这一夜。

2.

2019 年 5 月 20 日，夏天的热浪开始恣意地侵袭，浪漫的"520 情人节"逐渐点燃了这个丰盛的世界，而《权力的游戏》也迎来了尾声……至于我，却是一夜未睡，辗转天明，"长夜漫漫失孤魂，往事如烟有几更"。

这一夜，我把主人房里有关他的任何东西都清理了出去，把大厅上的婚纱照用黑布盖了起来，把我们的手机里的微信短信记录以及有关他的照片都删掉了，甚至把他前几天送给我的生日礼物都从窗口扔了出去。

正如史诗级的鸿篇巨制《权力的游戏》最终也会烂尾一样，我设想过无数个结局，可都设想不到，我们的婚姻最后会烂尾成这样，一地鸡毛，满目疮痍。而我的感受，也像是龙妈一样，被深爱的雪诺拥抱着一刀穿心，死于非命。

3.

还记得，20 岁那年的一个夜晚，青春正好，夏意渐浓，在我的生日派对上，我跟阿志第一次见面，生命中从此有了一个割舍不断的交集——"人生若只如初见"，那得有多美好呀。

我是这个派对上唯一的女主角，摇曳生姿，光芒四射；

他则是这个寒夜下一道盖不住的星光，高冷俊美，英气逼人。

……

随后，在认识阿志不到半年的某个夜晚，我们发生了超友谊的关系。"你以后想做什么？"床上，他突然问。

"我不知道，谁会想这么远啊。"我没心没肺地笑着，过了一会儿，又补充道，"其实，我曾梦想过有一个自己的农场，农场上有连到天边的油绿草地，有肥硕成群的牛马，有不经意就撞进眼帘的四季鲜花，有温暖到心底的金黄阳光……当然，最重要的是，还有一个随时可以在天空下恣意拥吻的知心爱人。"

听完我的一番浓墨重彩的少女心蓝图，阿志陷入了沉思，默默不语，任由月色弥漫，凉风习习。

我怎么也没有想到，那年那月那晚的那个沉默寡言的男人，将会在未来陪我走过十多年的时光，走过我生命中最美丽灿烂的年华。

4.

再次见到阿志，已经是两年后了，其间我按部就班地嫁为人妇，进入"围城"，并且还如愿以偿地移民去了美国。

不得不说，老公是一个不错的男人，学习好，清华高才生，人很帅，却老实巴交，工作勤快会赚钱，而且还是我爸朋友的孩子，家境不错，知根知底……总之，除了没感觉之外，其他一切都非常完美。

在经过半年多的将就后，我终于还是忍受不下去了，毕竟余生漫漫且可贵。我们在友好而理智地协商后，瞒着国内的老人家，先斩后奏地结束了这段短暂的婚姻——我妈差点没被气到跳楼。

当年年底，我回国散心，四处游玩，无意中联系上了阿志。阔别多日，他成熟帅气了很多，浑身散发着男性荷尔蒙的气息。很快地，我们就心心相印，携手交往，并在尝试了大半年的异地恋之后，正式喜结连理。

随后，阿志放弃了国内发展得不错的事业，跟我来到了加州，从此比翼双飞，共同开启了美国的美好新生活。

5.

如果说婚姻也分季节的话，那么，我跟阿志结婚的前五年，都可以称之为是夏天，而且还是阳光明媚炙热如火的盛夏。

那段时间，我经常出差在外，有时候去很远，甚至是国外，有时候则到附近的城市——不管去哪里，阿志都会一大早起来，给我煮上美味的早餐，然后送我去机场或车站，临分别前还会给我一个大大的熊抱。

我记得，有时候我在附近的城市出差，晚上需要熬夜赶项目，只要喊累，他都会连夜开两个多小时的车，来到我住的酒店，给我带我最爱吃的同时也不增肥的夜宵，陪我工作哄我睡觉，然后第二天又会一大早回去。

那些年，我觉得我是世界上最幸福的女人：有一个帅气体贴的老公，有一份自己热爱的工作，还有我一直所追随的梦想……

如果非要说有什么欠缺的话，或许是一个爱的结晶吧。

6.

"我打算开个农场。"2011 年的夏天，我们的宝贝出生了。抱着女儿，他开心得像个孩子，随后跟我宣布了这个决定。

"你为啥突然想开农场啊？"我有些反应不过来。

"因为，我一直梦想着，有一个自己的农场，有连到天边的油绿草地，有肥硕成群的牛马，有不经意就撞进眼帘的四季鲜花，还有温暖到心底的金黄阳光。"阿志挤着眼皮笑道，"当然，最重要的是，阳光下还奔跑着两个我最爱的姑娘。"

那一刻，我心如潮涌，分外感动，甚至忍不住泪如雨下 —— 想不到这么多年，他还记得我当时随口而提的少女心蓝图。

然而，更让我没想到的是，这一切却是我们悲剧的开始。

7.

两年后，我跟阿志的婚姻，随着七年之痒的到来，难以避免地进入了秋天。

农场的开办并没有那么顺利，几年下来，阿志烧掉了几千万——这些钱都是之前在国内做事时的积蓄，可还是没有办法让它健康地运转。

事业的不顺利，让他的意志越来越消沉，脾气也越来越差。他开始动不动就破口大骂，甚至还会摔打东西。他的口头禅从以前的"你是我这辈子最爱的女人"变成了现在的"我早就受够了"。

最让我气愤的是，他甚至会在女儿的面前数落和嫌弃我，恼羞成怒地说我影响了他的事业，改变了他的人生，现在他不想被改变了，就想做自己。

就这样，我们的矛盾越来越多，也越来越频繁，家里始终弥漫着硝烟的气息，我根本无法忍受。虽然每次过后，他都会主动道歉，承认自己的脾气不好，下次会改，可到了下次，又会一如既往，完全失控。

无奈之下，我们还一起去找了婚姻咨询师，可每次去到那里，他的屁股还没坐热，就开始像是一个怨妇一样，责备和数落我的种种不是。

对此，咨询师也没有多大的办法，前后去了三次，我们就放弃了，彼此的心也开始越来越冷。

直到后来，我才发现，原来来加州这么多年，他一直都活得很压抑，也一直没有找到自己的价值和归属感。农场事业的不成功，耗费大量资金后的不安全感，更像是在我们的婚姻里扔下了一颗炸弹，让我们这么多年的感情，从原来的如胶似漆和牢不可破，一夜之间变得风雨飘摇和岌岌可危。

终于，在 2015 年的夏天，我们开始正式分居。

8.

分居后不久，我们的感情就像是经历了滑铁卢战役一样，迅速地滑入了寒冬——我们甚至开始考虑离婚的事宜。

对此，我并没有太难过，反而是释然了很多。

后来，可能也是因为想气阿志吧，约定的离婚日期前夕，我成功地找了一个男友。他是一个白人，身高体胖，风趣幽默，对我也很体贴，温暖顾家爱拥抱……给了多年前阿志给我的感觉。

即使如此，我却隐隐约约感觉到，内心似乎还没有放下阿志，所以并没有办法往前走。偶尔晚上做梦，我也会梦到那些年跟阿志在南京的日子，那段纯粹而美好的流金岁月。

与此同时，阿志似乎也有些绷不住了，跟我说这些日子他特别痛苦，也很后悔，希望我可以重新考虑我们的婚姻，哪怕不是为了他，也当作是为了孩子。

那时候，他不知发什么神经，突然就爱上了骑行，花很多的钱买装备，经常一个人骑很远的距离，而且还骑得飞快，想着就这样一直往前走不回头，逃离这狗血一样的人生和婚姻——然而，也正是这个爱好，在后来成为压垮我们婚姻的最后一根稻草。

9.

2017 年夏天的一个傍晚，我心情特别糟糕，突然觉得什么都没有意义，人生漫无目的，世界一片黑白，于是扔下手头的工作，一脚油门开去了农场。

迎着夕阳的残晖，我一个人走了很久很久，一直走到星光满天，四下无人，并最终来到了一棵茂盛的苹果树下。树下有一块绿油油的草地，我倦意顿生，于是顺势坐了下来，背靠着大树，眼望着远方的天空和白云，开始继续思考着这狗血的婚姻，不知不觉就睡着了。

"其实，你爱的还是他。"模糊中，我听到有人这么说，声音很有磁性，并充满着爱和祥和，"你们可以再努力一次。"

虽然有些困惑，但声音却让我觉得温暖和安全。冷静下来后，我惊讶地发现，原来并没有别人，而是头顶的苹果树在说话，而且好像是直接说到了我的心里。

从那时起，苹果树成为我最忠实的伙伴，倾诉的对象和成长的导师……我几乎每周都会来到苹果树前，跟它说上一个小时的话，以寻求慰藉和力量。

慢慢地，我也发现了自己身上的一些问题，性格的缺陷，心智的不成熟，并逐渐学会了成长和爱。

10.

终于，2018 年的春天，我决定跟男友分手，男友特别不乐意，又哭又闹的，甚至跑到公司求我，可我心意已决。

然而，当我把这个消息告诉阿志时，他却告诉我，他已经跟一个女生交往好几个月了，他自己也不确定，是否要继续。

如你所料，这一消息仿佛晴天霹雳，深深地刺痛了我。然而，我却不是一个轻易放弃的女人。

在经过几个月的挽回之后，他终于同意与女友分开，再次回到我们的婚姻中，条件是再生一个孩子——这是他一直以来的梦想。

然而，回来后的他，却失去了当年的温柔，态度一直平淡如水，经常性地疏远和回避。而且他的脾气依然暴躁，总是会突然爆发，因为一点小事就会谩骂和指责。

与此同时，农场的生意日益萧条，难以为继，就像是撞到冰山的泰坦尼克号一样，终究要沉船，谁也无法阻止。

11.

因为我们的第一个孩子是女孩，所以阿志希望下一个是男孩，而且还不只是希望而已——用他的话来说，这是一种特殊的难以言喻的情结。

为此，我们只能放弃自然怀孕，转而通过试管婴儿的方式。

然而，这并没有那么简单，而是一个非常痛苦的过程。我需要每天打很多的针，吃很多的药，整整持续一个多月——我觉得我一辈子都没有打过这么多的针，吃过这么多的药。

而且，这还只是第一个周期，如果这个周期内没有培育出男孩胚胎的话，我还需要进行下一个周期，重新培养一次，打无数的针，吃无数的药。

但我却心甘情愿，也觉得一切都是值得的，为了我们的爱情，也为了我们这个失而复得的加州梦。

可直到后来我才知道，很多次他给我打针的时候，脑海中想的却是另外一个女人，想的是跟另外一个女人的将来。

12.

还记得，"520"的那天，突然下起了大雨，而且根本没停下来的意思。阿志告诉我，他今晚要去见个客户，可能会晚点回。

在这个特别的日子，我下意识地觉得不太对劲，而且越想越觉得不对劲。于是，结婚多年，我破天荒地第一次打开他的邮箱，而且还破译了密码，结果震惊地发现了几封情书，是写给另外一个女人的。

书信的内容很浪漫，交织着对这个女人的思念，那份爱是如此细腻，像极了当年的我们。最讽刺的是，这个女人跟我长得很像，也是个华人，五官比我更端正，身高比我高一些，身材也比我更好一些——显然可以说是我的美图秀秀版。

后来，我还知道，这个女人前不久离婚了，而且还把孩子送回了国内，为的就是跟阿志在一起。所以，我一直不明白，既然他们相爱，为什么他还要回来。

苹果树告诉我，或许我跟这个女人，就像是张爱玲所说的白玫瑰和红玫瑰吧，有着各自的风月和风情，所以阿志都不想放弃。

然而，我更愿意相信，阿志之所以回来，不过是处心积虑地想要一个孩子而已。

13.

一个礼拜过后，阿志搬了出去。虽然他是百般地不情愿，但我还是坚持不想再看到他，否则就马上去法院起诉离婚——这意味着，我们正在办理的绿卡很可能下不来了。

其间，我哭得很多，睡得很少，几乎每天才睡几个小时。一直到他搬走的那天，我才开始恢复一些睡眠。

那天晚上，我躺在院子的草地上，仰望着星空，眼泪不断地流，怎么也打不住。我想到，在来到加州后的十一年间，我失去了生命中最重要的两个男人：

一个是爸爸，在经过十几年的病魔斗争之后，他最终还是离开了这个世界；一个是老公，曾把我捧在手心的男人，如今却成了我最恨的陌路人。

就这样想着想着，哭着哭着，我居然睡着了，一直到后半夜才醒来，醒来后有一种恍如隔世的感觉，完全不知道自己身在何方，好像还躺在十几年前在南京上大学时学校后山的一片草地上。

后来，我还问过苹果树，我父母的婚姻，他父母的婚姻，还有我自己的两段婚姻都不幸福，那婚姻这种玩意还可信吗？

苹果树告诉我，婚姻从来都只是人的一种选择，而不是人生的必然。既然是选择，就无所谓对错，也无所谓可信不可信，因为这只是一种生命的体验而已。

14.

讽刺的是，当夏天快结束的时候，我们期盼了多年的绿卡终于下来了。

随后没多久，我们就办理了离婚证明。离婚后的第二天我们就回国了，第三天来到民政局再办理了一次离婚。

全程下来，我们几乎没说过一句话——这么多年养成的默契，在这个时候成功地派上了用场。

苹果树跟我说，恨比爱更容易，爱却比恨更宽广。我跟阿志都是受过伤的人，都曾活在破碎的家庭中，所以这一段路没有对错，只有因果。希望我可以早日走出恨，带着爱，打破家族的轮回。

对此，我不置可否，心理还是有很多的恨，对于他的背叛，却同时也感觉到了内心深处的某些东西正在苏醒。

15.

就这样，浑浑噩噩地过了几个月后（其间还跟一帮闺蜜去了趟拉斯维加斯看帅哥疗伤），在 2019 年的中秋节，我突然发现，陪伴了我快一年的苹果树突然不见了。

记得那天下午，我在农场中找了很久很久，直到星光满天，月影撩人，都没有找到。

我一直不知道，苹果树是不是爸爸变的？还是我的幻觉，抑或是神明给我的启示？

我只知道，它在我生命中最漫长最黑暗也最痛苦的时光，给了我力量，给了我光和呵护，让我重新站了起来，重新对生活有了勇气，也重新对爱和幸福有了信仰。

16.

佛说："一切如梦幻泡影，如雾亦如电。"人生如此，婚姻更是如斯，怪只怪我们不懂珍惜，情深缘浅，迷途忘返，此生佳话难圆。

或许，这一切都是最好的安排。

不管结果如何，这都是最好的安排！

我那追随了十一年的加州梦，幸福梦，虽然在一夜之间破碎了，"零落成泥碾作尘"，但我也仿佛在一夜之间长大了，找回了真正的自己，"只有香如故"。

一念至此，我突然想起了《岛上书店》里的一句话："每个人的生命中，都有最艰难的那一年，将人生变得美好而辽阔。"

摇晃的孤独

写于 2009 年左右的一个故事，那时候的自己，正执着于赚钱养活自己，执着于如浪子般追逐美丽而纯情的姑娘，更执着于触碰那遥不可及的文学和自由梦……

题记：如果说画家的孤独是颜色，商人的孤独是脸色，那么恋人的孤独，则是那渴望重逢和缠绵的月色……每个人都有着独一无二的孤独，每一份孤独都在寻觅着风花雪月的出口，或许有一天我们会因为孤独而偶遇，却终将因为片刻的不孤独而分离。

1.

刚下绿皮车，倦意未退，扑面而来的异地气息已经让我们有些激动不已，但也让我们很快发现，这座城市很吵，很奔放，鱼龙混杂。老张像是一头刚从动物园放回原野的土狼，站在人头攒动的出站口，抬着头叉着腰眯着眼睛看了看天空，忍不住呼啸道："这鸟城还真吵，真奔放！"

上等的普洱茶散发着清新扑鼻的香味，陈旧斑驳的沙发则如同一个被压迫了多年的秃顶老汉一样，露出了垂死的气息。头顶的空调貌似没有开，或者说开了也跟没开一样，两台崭新的"美的"牌风扇分别立于南北两个角落，正呼啦啦地吹着，带来的却是热辣辣的风。此刻，我跟老张正尽可能地舒展着四肢，半躺在城市中央一栋 30 层高的写字楼内，透过巨大的落地窗极目四望，看到的却是一种莫名其妙的仓皇和孤独。

虽说来到郑州还不到一个时辰，但我们已发现，这个城市的天空灰灰的，地面闹闹的，空气杂杂的，呼吸堵堵的。也就是说，它有着所有大都市一样的喧嚣和浮躁，浑杂的空气中日夜流淌着一种让人容易迷失的张扬，不同的色调点缀着不同生活轨迹的不同孤独。但不一样的是，这里似乎少了几分特别的精致和典雅，以致缺少了一种不加修饰的时尚——这就像是一个极其漂亮和性感的女人，在你面前穿着拖鞋，跷着二郎腿，手上还抽着支廉价的烟，虽说让你有一种原始的占有欲，但决不会想着娶回家当老婆供着。

这是自进公司以来我跟老张的第一次远差，肩负着的任务既轻松简单又意义深远，即所谓的肥差。具体来说，本次出行预算还算宽裕，人力比较充裕，时间不会太赶，而且公司早就请了专人花专钱去负责，我们此行不远千里过来也纯粹是为了学习、调访、侃大山、拉客情关系而已——具体分工则是我主要负责学习和调访，老张则负责侃大山和拉客情关系。至于说到意义深远，那是因为公司接下来的大半年都会做这个项目，以这个项目为核心，务必将产品的触角无疆域地伸向全国各地。当然，最主要是伸向全国各地的美女梳妆台（我们的产品是护肤品），而到时将由我跟老张全权负责，不再有任何外聘人员支持。

　　需要补充的一点就是，我们这次千里迢迢北伐郑州，主要是协助公司的一家品牌加盟店，在当地举办一场声势尽可能浩大、场面尽可能气派的活动。活动的目的是纳客，即吸揽新的美女或美妇顾客。执行的策略亦不复杂，即利用当地或失学或失双亲的女童，尽可能地让现场嘉宾爱心萌发，同情心泛滥，以致让她们特别感动（最好就是泪如泉涌到纸巾不够用），一旦这样的气氛达到，我们便把精心策划的爱心礼包卖给她们，换来的钱一小部分捐给女童，剩下的大部分则留给自己，结果各取所需，皆大欢喜。

　　众所周知，正如一个响亮的外号对于一个江湖中人非常重要一样，一个好的主题对于任何一场活动来说也都是必不可少的。本次活动的主题为"天使爱美丽"，意思就是有爱心也有美丽，美丽的人因为有爱心才更美丽——说实话，这个主题不可否认是俗套了些。作为公司策划部的左右手，我跟老张自然应该为此惭愧，但不是为了我们自己，而是因为市场总监，是他老人家琢磨出的主题，而且还是由市场部全体投票后无人异议地通过的——其实无人异议并不能说明这个提议有多好，它只能说明没有人傻到愿意证明自己比市场总监聪明而已。

　　"阿凤啊，你觉得这次会议能搞成吗？"老张吐了一串漂亮的烟圈，饶有兴致地问道。

　　"应该问题不大吧，那个讲师之前不是全国巡讲多年了吗？据说道上的经验是相当丰富的。"

"这个当然，要说忽悠也不能说忽悠这么多年吧。不过跟你说，即使没请这一尊烧钱的神，我们俩也能搞成。"老张又吐了一串连环烟圈，像是个老谋深算的政客一样不紧不慢地说道。

"你咋这么有信心呢？！"我疑惑地问道。

"哈哈，跟你讲段野史吧。"老张开始发挥他侃大山的劲儿，"其实早在汉唐末期，波斯商人流窜于巴蜀一带时，就曾用过此法了。那些波斯商人每到达一个地方，首先会用上等的香料和琉璃疏通衙门和相关的事业单位，从而可以畅通无阻地打着官方的名义寻找爱心来源，比如说城南孤儿院的小朋友或是城东贫民窟的小乞丐都是很好的对象。待找完爱心源之后，他们就开始大肆宣传，包括借用官府原本用来放功名榜或是通缉令的黄金广告位来贴公告，要不就是给卖烧饼的免费赠送一大批装烧饼的纸袋。当然，这些纸袋上会有会议宣传信息。此外，考虑到那时候青楼里聚集了天南地北的客人，人气特旺，波斯商人还会给妓女们免费发放橡胶做成的计生用品，让她们在身上涂鸦上相关的宣传内容以加大宣传效果。同时，还跟妓女们说只要拉到一个客人过来，就会有对应数量的赠品，包括香料、铜镜等，什么在当时新奇古怪又时尚的小礼物都有。此办法非常管用，顿时让每一个妓女都成为潜在的销售人员。结果自然非常奏效，每每活动当天都是全城轰动，现场爆满，波斯商人赚得是皆大欢喜，然后被欢送而去……"

"打住打住，不对劲啊，那些妓女的客人都是男丁啊，可是在那个朝代没有男人会用化妆品吧。"

"这你就更加不懂了。这属于潜伏型销售，其实城里来了大胡子的波斯佬，经前阵子的宣传，本就爱八卦的女士们能不知道吗？！可是要参加这样的会议，必须有两个条件：一是时间，二是银两。你说这都得从哪儿来呢？还不是从自己的夫君和父亲那儿来。因为男人们从妓女那儿知道了此事，自然就好沟通了……"

"真不好意思！刚刚太忙了，陪着几个大客户吃饭，实在走不开。你们还没吃饭吧，真是招待不周啊！别见怪，都自己人，我也是扒了几口饭就奔过来了……"一直到下午，柳月这缺心眼的才风风火火地出现，然后一进门就大声嚷道。不过她说这话时，其实我们还迷迷糊糊的没睡醒。等到耳边突然听到一声清脆的"李总好"（李总是本公司的老总，年轻的时候曾被心爱的男人抛弃，后一心扑向事业，小有建树，然至今未婚，脾气以古怪见长，常年停滞在更年期状态，人送外号"老佛爷"），我们才猛地醒了过来，然后急忙眼睛都顾不上揉地说李总好，李总今天的气色挺好的啊！李总又换了个香奈儿包包，刚刚从巴黎回来吧……结果换来的却是柳月的一阵捧腹浪笑和我们的目瞪口呆。

柳月是我们公司的美导，主要负责协助河南代理商的日常运营监督，典型的官小事儿多而且两头受气的那种。按常理来说，作为内勤人员的我们很少跟市场美导直接接触，但由于柳月在阳城培训的那时刚好跟我们一个组，大家混开了，加上兴致相投，自然就熟了。

由于下午还有其他安排，时间仓促，柳月决定化繁就简，带我们去吃闻名全国的河南烩面。我们随即抱着客随主便的心态被带着穿过繁华的大街和脏乱的小道，随后来到一家装潢特北方的饭馆。虽然现在已经过了吃饭时间，但店内还是人气挺旺的。偌大的餐厅里上下楼都塞满了食客，还有的哥们儿干脆就蹲在门口吃，一副津津有味的样子，简直成了一个活动招牌。我们在一楼点好配菜后就上了二楼，恰好碰到一对年轻情侣吃完走人的，我们旋即抢在一个老奶奶面前把位置给霸了下来，然后柳月就买冷饮去了。

面上得非常快，我们刚沏的热茶还没喝，面就已经上来了，这不得不让人怀疑是不是别人发现面里有苍蝇后的退货直接就往我们这边端了，不过由于实在太饿，也顾不上这么多了，大家立马狼吞虎咽地吃了起来。等吃完一圈下来，我们愕然发现，这偌大的一碗面好像什么都没少——看来北方的面不但味道粗犷，连分量也是相当实在。

"这个烩面还真多啊，装面的碗都赶上柳月的 E 罩杯了吧！"老张忍不住惊呼一句。我正想说得了吧就她那顶多就是 D 而已那还得是夏天热胀冷缩的时候，恰好看到柳丫头买完冷饮回来，于是急忙闭嘴，低头吸面，结果老张就独自享受了柳月小碎拳的一阵毒打。

吃完面后，柳月还特别管老板要了两张发票。我们好奇地问这玩意儿要来干吗，莫非还能报销？她说，报啥销，谁给我报啊。你们带回去给李总，报得到就算给你们了！完了之后才心平气和地补充道，是用来刮奖的，头奖上百万，别说，还真有用，现在就算 3 岁的小孩买个冰棍都吵着要发票，虽然基本上都不中，我刮了两年也就中过几包快过保质期的帮宝适而已 ——搁我这儿不管用，待管用的时候又早过期了。得！你们试试手气，看能中啥，要是真中了几百万，咱们集体辞职好了，逃脱"老佛爷"多年来的阴霾统治，从此过上自由、文明、富有的幸福生活……不料，柳月的白日梦还没有做完，我便把三张印有"谢谢"字样的发票扔给了她，然后说走，再去打包几碗烩面来！

"你要是都能吃完，不浪费国家粮食，我保管给你打包十碗回来。"柳月咯咯地笑道，像只刚吃饱睡足的小母鸡一样。

"行了行了！都别闹了。该忙活了，接下来是去见老板娘吧。"一向偷懒成性的老张今天像是变了性，工作态度居然如此积极，但我们也不是傻子，他这点小心思还能瞒过谁。其实在来之前，我们已经跟销售总监对接过了，总监大人跟我们聊了一下大致的情况，比如说当地民众的消费能力、消费观念以及市场覆盖率等，末了还跟我们特别提了下这位老板娘。当时他特幸福地回忆到，其实河南作为公司的样本市场，素来为各大区经理和男业务员所主动请缨甚至力争之宝地，原因有二：

一是，这里市场做得好，收入颇丰，旺季一个月下来起码收入过万，就算是淡季也比其他片区的旺季要好。换句话来说，这是一个淘金的好去处。

二是，也不知道是不是因为民风狂野的原因，这里的好几个美容院老板娘都具备出手大方、性感开放的特点，而居于这些尤物之首的就是我们这次出任务的美容院院长了。

2.

很快地，柳月便把我们带到了一个风姿绰约的 S 身影面前，随即给我们介绍说："好啦！这位就是你们一直嚷着想要目睹其风采的林总了。"

我看着眼前的这位留着一袭长发穿着连体低胸长尾显臀裙的漂亮女人——或者说女色，脑子顿时感觉有些不好使：怎么一小老板娘的何时成老总了？而且还如此年轻，长得跟大学生似的。看来啊，这人还是不能跟人比，柳丫头原本也是属于小野百合似的养眼美眉一个，可往这个老板娘旁边一站，立马就变成了一个胸部过大体态均衡的老鸡冠花了。

我光顾着琢磨，没想到老张已经上前一步，热情万分地作了自我介绍，完了之后话匣子还硬是没打住，一溜烟地把我也介绍完了。我随即上前跟她握了握手，发现她的手柔柔滑滑的，摸起来很舒服——这让我突然想起大学时候看过的一部恐怖电影，具体名字忘了，只知道是美国佬拍的，里面有个变态医生喜欢收集女人的手，收集到的手则用福尔马林泡上一周，然后再用化学药品防腐保养着，接着摆在家里当作装饰品。来的客人都说你家的手很精致啊，怎么跟真的一样？他则大笑着说这些都是真的啊。来宾也跟着笑了起来，以为他是开玩笑……其实我想强调的是，按那个医生的标准，眼前的这对纤纤玉手绝对属于上乘的收藏品。

"欢迎来到郑州！一路辛苦了，这次会议就全靠你们了哦！我先去开车哦，你们在这等一下，我们一起去吃晚饭哦！"听完老张的介绍后，老板娘宛然一笑，然后性感而略带调皮地说道——我惊讶地发现在她短短的一句话里居然用了三个娇嗔的"哦"，真是比林志玲还志玲姐！

还想补充一点的是，说这话时小老板娘离我们很近，我明显地感觉到一股淡淡的清香随着她的话语扑面而来，让人联想到苏小小似的吹气如兰，尤三姐似的淫而不荡。此外，转身前她扫过我们的眼神也让人觉得不太对劲，那种感觉就像是小城里新来的大城市毕业的中学女英语教师看着你的那种亲切加上舞厅上扭着腰肢跳着脱衣舞对你放着热电那种妩媚所糅合在一起的感觉，让人实在琢磨不透——众所周知，琢磨不透的东西都是属于有吸引力的。

看来，向来以忽悠为生的销售总监这回还真没夸大其词！

饭后回酒店的路上，还没等我们问起，柳月这妮子已经主动跟我们汇报起来。她说："你们都特想知道这老板娘是何来头吧？"

"说说也好，工作需要嘛，多了解些也方便大伙儿接下来这几天的相处和合作。"老张略作矜持地答道。

"装，都往死里装！我还不了解你们啊！"柳月洞若观火地说道，随后更东施效颦地运用了林总的"哦"腔调，"继续装的话我可不说了哦！"

"别，你还是说吧！"老张顿时牺牲了自己，以保全我们男人团的知情权。

"嘿嘿！是这样的，老板娘的老公是做外贸生意的，经常跑东南亚，一年回不了几次家，就算回到家也待不了几天。林总原籍湖南凤凰，15 岁出来走江湖，16 岁去东莞赚了一桶金回来，做的是啥工作就不太清楚——有人说是卖身，有人说是卖艺，还有人说卖身又卖艺，总之肯定是卖了东西；18 岁跟一个姐妹去阳城开服装店，19 岁认识了现在的河南籍老公，后跟其回到郑州开了家美容院。三年后的今天，她除了拥有一家郑州当地最大的美容院之外，还开了家瑜伽馆，而且都是有两个分馆的。对了，听说她这个人生活比较随性，绯闻男友从二线演员到富二代再到在校大学生不等，总之可以说是一个地道的性情中人……"

"这敢情好！我也是性情中人，回头工作起来准能无缝连接！"老张一听到这就兴奋了起来，然后迫不及待地打断道。说完后亦坏坏地笑了笑，露出了一脸的淫荡。

第二天，按原计划我们拿着个大大的 KT 板去火车站接讲师小未。她正是我们公司外聘过来的专人之一，3000 元一天（快赶上我或老张一整个月的收入了），专门负责本次会议的前期工作。前期工作有很多，也相当琐碎，但其中最重要的一项就是外联。所谓的外联，就是跟外部联合，强强结合，继而起到最大化会议影响力的目的。

来的时候，我们已经看过小未的照片了，可照片是冬天拍的：小未穿着一身大大的红色羽绒服，站在白雪堆里，笑得像朵梅花一样。可我们站在火车站的人堆里瞪着六只大大的眼睛找了很久的梅花都没找到，倒是被一身清凉装加黑超的小未找到了——看来她也有我们的照片，而且还是夏天版本的。

乍一看，小未是那种让人觉得特别亲切的女生，而且非常容易熟，我们虽说是初次见面，全名都没记牢，但就是从接站到出站这么片刻的时间里，我们就像是已经认识了多年的朋友一样了——看来这3000元日薪的讲师还真非浪得虚名！

接下来，小未会在郑州待三天，这三天收9000元的主要任务就是做外联，为下一步的会议开展做准备工作。要做好这事，除了需要对品牌非常熟悉的厂家（也就是我跟老张）的鼎力配合之外，还需要地头蛇美容院以及我们外聘来的经验丰富的讲师一起唱戏，总之是相辅相成，缺一不可。

按照小未的战略方针，我们会先搞定当地的相关机构，在取得了权威机构的认同之后，再跟企事业及商业单位进行外联，加大宣传力度，并拉到赞助品或赞助金——总的来说，前一步取的是名，后一步获得的是利。当然，第一步的成功，将会极大地影响第二步的谈判。至于时间安排的话，则是第一天搞定权威机关，第二天外联好商业机构，第三天则是培训一下美容导师们。

然而计划赶不上变化，这次外联工作进行得非常不顺利。首日出师就遭遇了妇联的无情拒绝，好说歹说托有关系的内人说都没办法。因年初的时候有一家别的护肤品牌也做过在他们眼中类似但其实性质完全不同的会议，后来那个厂家露出商家本色，在会议上公然卖货，以谋其私利的最大化。最可恶的是那些货的质量也出了些问题，弄得一些顾客肌肤过敏，怨声载道，以致妇联的名誉严重受损。正所谓一朝被蛇咬，十年怕井绳，经过上回的被忽悠之后，他们决定今后不管谁开会都不出面支持。

折腾了一整天，大家都很累，但更多的是心累。经验丰富的小未倒是很冷静地说这个没关系的，我们明天再找其他的机构好了，什么红十字会啊孤儿院啊学校啊，最不济就找个街道办事处都成。林总平时是呼风唤雨惯了，这次好不容易低头求人而且还没成功，心情自然有些失落。至于我跟老张倒是无所谓，反正这次的主要负责人不是我们，现在出了插曲，正好可以内心阴暗地幸灾乐祸一番。

出师不利，晚餐自然是一切从简，老板娘随便带我们去城东路吃了份具有郑州特色的油泼辣子面，然后今天的工作就算告一段落了。

3.

"杀啊！把这帮菜鸟通通灭掉！！"

"快！在 B 区！哦，不是，在 A 区！A 区！啊！我挂了！还真是在 B 区！"

"后面后面！爆头爆头！——我靠，你也被爆了呀！"

……

玫红色的灯光下，浓浓的香烟味夹杂着啤酒的气味融合在空气中，给人一种眩晕的感觉。这是一个巨大的网吧，名字不知道是哪个天才取的，就叫作"巨大网吧"，分为普通区、贵宾区、豪华区三个区域，价钱分别为每小时 2 元、3 元和 10 元，前两者的区别在于椅子的舒适度和显示器屏幕的大小，豪华区则是一个两人小包厢，隔音和隔视效果都非常好。整个网吧大概有几千平方米，而且设计得非常精巧，大有曲径通幽别有洞天的感觉。即使是这么大的容量，如今却坐满了人，黑压压的一片跟小学时在学校礼堂开校大会一样。冲这架势来看，估计整个郑州市的网民都云集到了这儿——也不知道是长夜漫漫因为孤独，还是漫漫长夜因为特别孤独？

作为外来乡民，我和老张为度过漫漫长夜和体验异都夜生活也慕名而来，此刻正坐在普通区即人群堆中玩 CS，杀得是天翻地覆不亦乐乎难辨昼夜。游戏中我们扮演的是土匪，跟网络上其他几个土匪组成一个队，然后跟作为警察的另一队进行 PK，目前的胜率是土匪 52.8%，警察 47.2%，我们稍稍领先，但局势很不乐观——毕竟正义总是会战胜邪恶的。但这只是原因之一，还有一个原因是他们警察军团里突然换了个百步爆头的神枪手，身手跟 007 一样极其敏捷，各种武器都用得娴熟于心，而且不管哪个地形都非常了解，像是逛自己后花园似的。很快地，我们的胜率就给拉了下来。不过在被彻底翻盘之前，我跟老张的电脑就白屏了，因为我们之前预缴的费用已经用光，被自动停机了。为保住胜利成果，我们决定今夜到此为止，打道回府。

从网吧里出来时已经快 12 点了，广场的人流散了不少，稀稀落落的，比我们去的时候少了一大半，但上面还是有不少的摊子，卖着各种各样的热带或亚热带水果，各种款式的廉价衣服，五颜六色的女人内裤胸罩以及各种肉菜混杂的自拼现场小煮……郑州的夜风呼啦啦地甚是带劲地吹得我们甚是凉爽，我们心情甚是畅快地找东西吃，感觉像是武侠世界里行走江湖的侠客一样豪情万丈。

站在街道上人均吃了几块哈密瓜后，我们摸着滚圆的肚子，大摇大摆地往酒店走。就在这时，前方不远处突然出现了一个熟悉的身影。定睛一看，发现原来是小未。

这么晚了，她一个小女子出来干吗呢？莫非也是像我们一样出来找乐子？

带着满腹的疑问，我们欣然走向前去。她看到我们后并没有惊讶，而是很自然地露出了标准的讲师式笑容，四颗白白的门牙让我想到了佳洁士的形象代言人。

"晚餐吃得不给力，肚子又在抗议，所以出来找吃的。"代言人就着撩人的月色说道，理由一看就是捏造的。

"我们也是，饿得慌，跟没吃似的，所以就跑出来了！"我顿时笑道，"都说女孩子家晚上吃东西容易胖，可这说法在你身上咋一点不见效果呢？！唉，湘妹子的身材就是巧夺天工让人嫉恨！"

"哎哟，刚刚吃哈密瓜给甜的吧，小嘴儿这么贫！"一旁的老张忍不住插话道，我们顿时笑了开来。如铃铛般成串的笑声在略显空荡的广场上空旋转，瞬间消失不见。

"睡了吗？"回到酒店时夜已经很深了。临睡前，老张又开始躲在厕所里给阳城的女友汇报情况，从上午去外联被拒到晚上去网吧被虐，最后再到刚刚冲凉的时候地面太滑了摔了一跤，屁股现在还疼……可谓是事无巨细，让人耳疼。我一声不吭地躺在床上，虽说是又累又困，可却一点睡意都没有——老张这厮说电话的声音实在太大，而且还时不时肉麻一番，我也不好说他，毕竟出门在外往家里报个平安的做法也是值得提倡的，再说人家还躲厕所里了呢。无奈之下，我只能爬起来看电视。节目实在无聊，看不入心，拿起手机又发觉实在无人联系——尤其是现在这个点。女友跟我冷战了快两个多礼拜了，估计现在已经成前女友了，内心深处虽然隐隐作痛，却暂时不敢触碰。抬头再看会儿电视，老张仍在不知疲倦地熬粥，我想了想，终于还是决定给小未发条短信。

发完短信后，我便忐忑不安地拿起遥控器换台，待到三圈过后手机还是没反应。我猜想她已经睡了，或者看到了不想理会。正当我沮丧地打算关机时，手机却响了。她说还没，刚冲完凉，头发没干，身上湿湿的……我一看这句话和后面的省略号就难免有些生理冲动了，细细一琢磨，才猛地想到她该不是对我有所暗示吧。

"饿吗？要水果外卖吗？"为了确定我的猜想，我再次发了条模棱两可的短信过去。"有香蕉的话最好……！"这回，她很快便回复了。

半个小时后，我敲开了小未的房门。她看到我的同时也露出了笑脸，就像是看到一个交往多年的恋人一般，亲切、自然、含情脉脉和眼若秋水。我原本小鹿乱撞的情绪顿时在她的一笑之间融化得烟消云散。

电视正放着台湾偶像剧《转角遇到爱》，声音有些恰如其分地大，大到足以掩盖房间内的其他声音，却不足以大到遭到隔壁的敲门抗议。头顶的白炽光管已经熄灭，只开着一盏可有可无的床头灯。昏黄的光线如同一个故作羞涩的风尘女子，正无声地散发出丝丝的妩媚。

"看电视吗？"我假惺惺地笑道，就像是一头土狼问一只待斩的羔羊要不先去散一下步一样。当然，这时候谁是羔羊谁是狼还没定呢。

"如果你觉得电视比我好看的话。那就看吧。"小未一改白天优雅端庄的讲师形象，露出一脸呼之欲出却又恰如其分的妩媚。由此可见，任何人都不止有一面，成天在人前开心乐观与世无争的人可能回到家里晚上要靠吃安眠药才能入睡，满嘴仁义道德的教授也有可能一看到漂亮女生就忍不住心花怒放。

4.

出了电梯往右转，迎面而来的是一条寂静而狭长的走廊。此刻，走廊上的所有灯光都已经被熄灭，只在尽头处留有一盏寂寥而苍白的白炽灯，正无奈地跟电梯口处的另外一盏灯遥相呼应。电梯口处的白炽灯泡并不大，却非常明亮，稳定地散发着带着雾气的光芒，吸引了无数的飞蛾，它们不厌其烦地围着灯泡兴奋起舞，试图将灯光湮灭，却始终徒劳无功，直至力竭而亡 ——不过我想，它们死的时候应该一点都不孤独。走廊尽头处的那个灯泡则似乎有些问题，以致光线很不稳定，时明时暗，给整条走廊营造出一种如梦境般朦胧的感觉。

显然这是一条南北对流的通道，夜风非常大，正呼呼地叫嚣着，我迎着阵阵的穿堂风急匆匆地从电梯口往走廊的深处走去，似乎正从惨白明亮的世界走向明灭交错的阴暗中，而阴暗的尽头处正是我跟老张的房间。

我靠！老张居然不在房内！房里的灯是亮着的，被窝却是冷冷的，厕所里也没人。都这个点了，人生地不熟的，这厮能跑哪去呢——报失踪人口的时间还不够，而且也是多余的，按照我对老张的了解，他这个人乐于折腾，跟头豺狼一样——用香港话来说就是"骨滑"，肯定不会出事，只有让别人出事的可能。我翻了翻他的包，没有找到我想要的东西，于是便掏出手机给老张打电话，电话通了，却一直没有人接。再打，发现竟然已经关机了。无奈之下，我只能坐在床上边看电视边等，心想这鬼地方还真落后，连个 24 小时便利店都没有。原本的《动物世界》已经换台了，现在放的是最近非常火爆的电视剧《蜗居》，我心不在焉地看着海藻和宋思明极尽偷情的缠绵，心想刚才发生在小未房间内的那一幕，还真的让我有些始料未及，哭笑不得。

小未贴在我的耳边小声地问道，有安全措施吗？按照我过往的经验，我以为她只是象征性地问一下而已，故而没有理会。

可她却似乎较真了，硬是停了下来。

我迫不及待地问她怎么了？她皱了皱眉头后说是不是真没有安全措施。我点了点头。

没想到，小未的反应异常激烈，几乎是歇斯底里地推开了我，并迅速地用被子包裹好自己，然后转过身来用后脑勺对着我。

我顿时有些茫然，心想我也是跟你商量来着，你若是不答应就算了，犯不着这样给我臀部看吧——虽然你的臀部曲线也很不错。我随后把视线移开，静静地在床上坐起来，看着电视画面有些不知所措，心想她如果还是这个态度的话我就马上穿衣服走人。

过了一阵子，小未似乎意识到了自己的失态，便小声地道了歉，然后轻描淡写地跟我说了一件事。她说她有一个妹妹，去年意外怀孕了，是她跟她妹妹去医院堕的胎。当时她眼睁睁地看着她妹妹痛得几乎死过去了，而让她妹妹怀孕的男人当时就是这样子跟她妹妹说的。

"等我一下，我去去就回来。"听完小未的话后，我沉思了一会儿，觉得这个妹妹好像跟姐姐是同一个人。

再次醒来时已经是清晨了，意识刚有一点恢复我就发现糟了——昨晚自己居然等老张等到睡过去了，不由暗骂自己是头猪！骂完之后，我便惊讶地发现老张神奇地出现在了床上，并且像一头猪一样憨态可掬地睡着，还不时地舔一下猪舌头。面对如此欠揍的酣睡状，我实在无法忍住不一枕头把他扔醒，然后问他昨晚跑哪去了，找了一晚上都没找到，手机也是关机，差点就打算报警呢。他揉了揉惺忪的眼睛，随后狡黠地笑了笑，并没有直接回答，而是反问我，不是你先走的吗？去小未闺房了吧，有没有上手？我大笑一声后说道，怎么会呢？我的确是去她房间里坐了坐，不过人家小未姑娘是个正儿八经的姑娘，偶尔出门在外很是孤独想找个人聊个天儿而已……

话还没说完，电话就响了，是柳月这丫头催我们赶紧下楼。她说她正在楼下候着我们俩大爷呢，都几点了还不下来，限十分钟内出现，迟一秒钟都不安排早餐了！柳月这野丫头是出了名的说到做到。我们不敢怠慢，立马翻身下床……

由于昨天工作推进得不太顺利，或者说太不顺利，今天的策略不得不调整，队伍硬是被一分为二：小未跟老板娘作为主力队伍，继续找相关机构进行外联，务必要找到一个活动接手人。我跟老张以及柳月则被安排去企事业单位和商户谈判，必须找到几个合作赞助商。如前所述，在本项目上我跟老张都属于赵括型选手，典型的有理论没实践，而且这次出来本就是抱着学习的心态来的，根本没想到会往战场上派，结果跑了一个上午，只谈拢了一家连锁服饰店。另外一家说有意愿，但需要考虑。还有一家说很有意愿，但老板不在，过几天才回来——这对我们来说都无异于废话。

中午我们按原计划回美容院碰头，开个小会汇报进程。可是当我们回到后发现另外那个分队还没回来，而且中午也不会回来了，说是正在跟红十字会的相关领导吃饭——言下之意，也就是有戏了。这一消息对我们是一个不小的鼓舞，当然也给了我们不小的压力，直接的影响就是我们几个原本下馆子的计划变成了在美容院加双筷子而已。胡乱扒了几口饭之后，我们又马不停蹄地回到了战场。

正所谓前车之鉴后事之师，有了上午的教训，我们这回出行的效果明显提升了不少，再加上士气高昂，所以不到几个小时便把任务完成了，一共有四家商户愿意赞助，其中一家婚纱摄影公司更是愿意无条件捐献几个性感模特到现场助威——当然，所谓的无条件是假的，前提条件是要穿上印有他们公司品牌标识的制服。

等到我们兴高采烈地班师回到革命根据地时，正好赶上另外那一分队的凯旋，他们带回了合作协议书。大伙儿顿时如同亲密的战友一般欢快地汇聚在了一起，共同分享过程的艰辛和结果的喜悦。小未明显还在生我的气，对我依旧是一脸冰霜。今天早上她就没有跟我说话，偶尔因为工作关系不得不说时也把我当作木偶一样——对此，我表示非常理解，因为换了是我，赤身裸体地给晾在床上一晚还没回应，也肯定是气得不行。

为了庆祝外联任务的圆满完成，老板娘决定请我们去 K 歌。K 歌其间，一向活跃的老张今天更是变本加厉，像是打了鸡血一样声情并茂地从张学友的《情书》唱到刘德华的《忘情水》再到张学友的《忘记你我做不到》，简直当成自己个人歌友会了。好不容易唱渴了休息，其他战友找到间隙上台献技时，他也一个劲儿地在旁边搞假声弄和音，把大伙儿逗得都快不行了。

正所谓这世上没有无缘无故的爱，也没有无缘无故的恨。老张今天这么兴奋肯定是有原因的，而且这个原因八成是因为女人，这个女人排除了小未再排除柳丫头之后最大的嫌疑就是老板娘了。之所以如此推断，是因为从他跟老板娘频频互送的秋波中，我感觉到他俩肯定有些不对劲。

果然，唱完 k 后一起上厕所时，老张一边畅快地放水，一边把一只手则搭在我的肩上，说让我先回宾馆，他还有些事儿要跟老板娘沟通。我笑了笑，说连续两晚都沟通你就不怕肾亏。他抖了抖尿滴，随后颇为豪迈地笑道，为了这个小风骚，别说是肾亏，就算是精尽人亡也在所不惜！

"睡了吗？"由于忙活了一整天，又瞎闹了一个晚上，累得是不行，再加上没有了老张的电话骚扰，晚上睡得是异常舒服，虽然夜里好像听到了雨打窗户的声音，又好像有轻微的敲门声，但我在被窝里甚是暖和，便没理会。第二天起来后，我刚开机就看到小未的短信，一看时间居然是昨晚一点多发的，现在回已经来不及了——只能怪我们生不逢时，没有肌肤之缘了，因为我们今晚就要打道回府了。

虽然小未同样是回阳城，但我们都非常清楚，一旦回到那个熟悉的大城市，我跟小未的关系就像是到达了港口的船一样，所有的回忆都只能存活于那片汪洋的大海。

5.

入夜，车厢内的灯均已熄灭，只留有卧铺对面的走廊角落处的几个暗灯，散发着仅足以行走的残影。轰隆隆的火车正在无所畏惧地向前行驶着，奔驰在寂寞的原野和高峰之间，驶向一片又一片看不见的黑暗。老张已经睡下，呼吸无声，安静得像个死人。这几天他像是个铁人一样：白天干活，晚上干人，累得够呛。我没有睡意，因为一上火车我就睡着了，刚刚才睡醒。

坐在窗前，我想起柳丫头送我们上火车前的依依不舍：那缠绵如同恋人般的眼神，那清澈如同孩童的目光，以及那停留在空中迟迟未舍得放下的手，都像是鞭子一样一遍遍抽打着我的心。作为公司的常驻外派人员，柳丫头只身来到河南，如同无根的浮萍在整个河南颠沛流离着，负责公司在当地所有网点的维护，半年才回总部一次，平时打交道的也都是代理商的人，很多话都不能说到心坎上。看着她那楚楚可怜的样子，我恨不得把她也带回去，然而——带回去又能怎么样呢？哎！过了今年柳丫头就三十岁了，但依然未婚，虽然平时嘻嘻哈哈的没心没肺，像个永远长不大的女娃一样，但心里的酸楚或者只有她自己能够体会。其实她一直在等一个男人，一个永远都不会回心转意的男人。很多年前那个男人没有结婚，她说她要等他结婚了才死心。可是后来那人结婚了，她又说她要等那个人有了孩子再说。今年初刚听说那男人的老婆怀孕了，她又骗自己说等孩子落地再说……这何时是个头啊！？

眼下并非节假日，去阳城的人并不多，车里的卧铺空的很多，想怎么睡就怎么睡。小未跟我们不是一个车厢，具体哪个车厢我也不太清楚，我们上车的时候便分开了，而且是有意分开的。

此刻整列火车似乎只载着我跟老张两人，其中一人已经睡死，只剩下我一个人醒着。零食吃完了，烟也抽没了，我突然有些害怕那个我马上就要回到的城市——它是如此匆忙，奔流不息，让人几乎无法停下来喘气。

就着灰暗的灯光，我走过几个空空的车厢，想找个人说话，可是好不容易碰到几个人都是沉睡着的，简直像是一场恶作剧一样不可思议。我执拗地往前走，心想着要是不找到个人这辈子就不回头了。火车上的一分钟好像外面世界的一个小时，甚至是一天，也不知道走了多久，终于，我看到了前面不远处的靠窗位置上有一个人影。我欣然走近，居然是小未！只见她右手随意地搭在大腿上，左手则托着下巴出神地看着窗外的夜色，可顺着她的目光过去，我只看到一片迷惘，毫无景色可言。与此同时，她似乎也看到了我，转头朝我递过一丝惊讶万分的眼神，随后幻化成几分转瞬即逝的喜悦，此外还藏匿着一种欲说还休的期待。

我愣在原地，目不转睛地看了她一会儿，任由内心涌动起阵阵如潮水般的感动。这股感动随后化作了一股前所未有的勇气，让我浑然忘掉了身在何方。四下里是一片死静，我就着这个世界的残影和她的目光，径直走上了前去，慢慢地低下了头，深深地吻了下去。就在这一刹那，苦涩而苍白的孤独开始从我的口中传出，荒谬的世界随即如春天的冰雪一样慢慢融化……

心结

1.

不知不觉，已经结婚 11 年了。

整整 11 个春夏秋冬 4021 个日日夜夜。

但秋葵却觉得，自己好像守了一辈子的活寡。

2.

也不知道从何时起，老公不再像是老公：

一开始是不再跟她过生日，也不乐意过任何的节日 —— 不管圣诞节、元旦、国庆节、清明节，通通都是冷处理，更别说情人节、七夕节、结婚周年庆这些以浪漫著称的节日了。

后来是不再陪她上街看电影，不给她送礼物，不陪她逛淘宝，更别说带她出去旅游了。

再后来，老公甚至都不太乐意跟他说话了。每次上完班回到家，他基本上就是躲在书房里打游戏 —— 当然，偶尔也会干点不痛不痒的小家务。你要是跟他说话吧，他也是一副爱搭不理的样子，像是常年服务于政府部门的合同工一样，说话字数准确无误地保持在了三个字之内，完了后又铁着脸闭着嘴。

跟他做爱的时候，他依旧是铁着脸闭着嘴。

孩子出生的时候，他铁着脸闭着嘴。

搬进他们人生中的第一个新房的那天，他铁着脸闭着嘴。

……

总之，老公以一种坚韧到近乎残忍的姿态，秉承着"言多必失"的优良传统和"死不开口"的法律权利，仿佛世界末日也不能让他张嘴一样。

3.

对此，闺蜜a给秋葵出主意说："你老公外面肯定有人了。"

她觉得有道理，于是就偷偷跟踪老公，车里也放了摄像头，可却没有看到什么。而且，他的手机密码也一直是公开的。

闺蜜b则跟她说："你老公想要离婚了。"

她有一次终于忍不住问她老公："你给我说清楚，是不是不想过了？！是不是想要离婚？"老公一声不吭。

再逼问。

老公说："不是，没这回事。"

闺蜜a再分析说："你老公肯定生病了，没准患绝症了，不想拖累你们。"刚说完又小声地补充了一句，"不会是得艾滋病了吧。"

秋葵想了想，老公的性生活好像一直也没怎么减，而且有时候也不怎么戴安全套。

至于说到绝症，她前阵子还偷偷看过老公的单位体检报告，除了肚子的脂肪超标之外，其他一切都挺正常的。

闺蜜 b 最后得出结论："你老公就是有病。"

秋葵若有所思地琢磨着：他真的有病吗？

那他是哪时候得病的呢？

过去的日子开始在脑海中闪现，时间仿佛一下子回到了多年前，他们最开始的恋爱时光，那些散发着闪闪金光的日子。

4.

那时的他们，还在南方的一个沿海城市念大学，浑身冒着风华正茂的青春气息。因为响应爱心的召唤，他们都加入了"青年志愿者"社团，随后顺理成章地结识了。

有一次，社团组织三下乡活动，去帮助贵州某个村的贫困儿童。他们一行二十多人，坐了一天一夜的火车，又坐了几个小时的汽车；赶了四车道的大路，又走了悬崖边的山路；时而下着绵绵的细雨，时而又露出灿烂的阳光……其间他都一直坐在她旁边，主动跟她说话，天南地北地说，不厌其烦地说，津津乐道地说。

很快地，从贵州回来后，他们就堕入了爱河：

他好像是一阵风，她成了随风飘扬的沙；

他好像是一匹不知疲惫的野马，她成了草原上一朵迎风怒放的鲜花；

他好像是一个热情似火的小王子，她成了世间最幸福的公主；

......

在同学的眼中，他们的爱情是如此甜蜜、浪漫和如诗如歌更如梦。

在他们的眼中，只有彼此的一汪秋水，没有其他的百花争艳。

毕业后不久，他们就顺理成章地成婚了，而且很快就有了幸福的结晶，是个男孩。

5.

然而，孩子自打记事以来，就感觉到了父亲的冷漠，好像自己的存在是多余的一样。

在孩子的印象中，父亲不太经常回家，回家也不爱跟自己说话，很少问他的作业和生活。如果自己主动跟父亲说话，父亲也经常是充耳不闻，爱搭不理。

慢慢地，不知不觉地，孩子变得跟父亲一样冷漠、内向、回避，对这个世界怀有莫名的敌意。

秋葵静静地看着这一切发生，内心无比痛苦，却又无能为力。她经常会有一种错觉，家里好像有两个男孩，只有自己在撑着，撑了这么多年，她觉得好累啊，身心交瘁的累，黑夜里看不到光的累。

6.

终于，在秋葵 33 岁孩子刚满 7 岁时，事情发生了转机。

因为一场猝不及防的重病，老公的父亲不幸去世了。这对老公造成了重大的打击，他似乎变得更加沉默了，更不愿意参与家里的一切活动，有时候甚至还会突然动怒、发飙、拿起东西就砸，似乎有满腔的仇恨需要宣泄一样。

随后，孩子也变得越来越不爱说话了，而且还会经常生病发烧，身体似乎在一夜之间变差了。

为了防止孩子的病情不断恶化，他们带着孩子跑了几个医院，可几乎每一个医生都说，孩子并没有什么大碍啊，要不去看看心理医生吧。

7.

很快地，他们便找了当地的一家口碑不错的咨询中心。

然而，咨询的过程中，咨询师却发现，孩子的健康问题，确实是心病，而且真正的罪魁祸首是父母——严格来说，是在父母的关系和对孩子的态度上出了大问题。

话音未落，秋葵早已泪如雨下，泣不成声。随后，她更是一股脑地把过去这么多年的委屈说了出来，其间老公一直以他经典的姿势铁着脸闭着嘴。与此同时，咨询师也一直在很有耐心地引导着老公开口。

终于，在咨询快结束时，老公才说出一个在其内心埋藏了多年的秘密。

他说，这么多年过来，之所以变得如此冷漠，而且内心好像时常压抑着一份愤怒，其实是因为，刚结婚不久时，有一次他偷偷看了秋葵的病历本，上面写着秋葵患有某种妇科病。

碰巧，那天刚好有个医院的朋友给他打电话，他顺带问了一下，结果这个半桶水的朋友一口咬定，这种妇科病一定是跟其他男人发生性关系所导致的。

从那时起，他就种下了一个心结，认为老婆背叛了他。可是一直以来，好像又没有什么特别实锤的证据，所以他也没有办法公然对峙，于是就这样长期压抑着。

8.

时间真是个奇妙的东西，可以让一份巨大的伤痛慢慢随风消逝，也足以让一个小小的心结像滚雪球一样慢慢变大。

这么多年了，他虽然早就忘掉了那个所谓的妇科病的名字，但心理认定的伤口一直在那儿。

他觉得自己很委屈，很难过，遭受了背叛。他甚至会时常想到小时候，妈妈对爸爸的背叛，曾经不止一次，妈妈趁爸爸出差的时候，跟另外一个男人在床上做爱，后来被他看到了，那个场景像是刀一样刻了他的脑海中。

知道埋藏了多年的真相后，秋葵当真是欲哭无泪。过了许久，她才无比委屈地说道，当年所患的妇科病不过是子宫肌瘤而已，一种特别常见的妇科病。

9.

没过多久，老公就恢复了最初的样子，他开始主动说话，主动陪伴孩子，主动做家务买礼物……那个久违了快一个世纪的老公回来了，那个让孩子期盼了多年的父亲也回来了。

可以想象，孩子也非常开心，人变得开朗了，爱说话了，身体也恢复了以往的健康。然而，秋葵却开始变得越来越不爱说话了。

10.

充满异域风情的音乐，融合在了橘黄色的灯光下，再加上空气中阵阵飘来的梅子酒香，共同营造出一种静谧而精致的氛围。

这是一家日式餐厅，人不多，靠窗的一角，秋葵静静地从下午坐到深夜，其间泪流干了几次。

她怎么也没想到，过去这么多年，在自己人生中最美的年华，居然因为一场小小的误会而彻底地改变了。

在经过几个月的尝试之后，她发现，她还是无法原谅老公，无法原谅这个像孩子一样的男人，她不知道以后怎么跟他相处跟他说话了。每每想到过去这么多年的噩梦，她就会在梦中惊醒。

这好像成了她的心结！

一个永远无法解开的心结。

11.

桌上的手机响了又响，似乎震动才是它的常态一样。不知何时，窗外下起了雨，雨越下越大，最后甚至变成了雪，鹅毛大雪，漫天飞舞，餐厅内外的人群一片哗然。

与此同时，秋葵的眼神慢慢地变得坚定了起来。

这是一份前所未有的坚定！ 她终于做出了决定。

一个只为自己而做并且即将影响她往后余生的决定。

黄金时代

1.

还记得，24 岁那年的夏天特别热，仿佛全世界的空气都在准备燃烧着。某个没有风、没有脾气，也没有希望的下午，我一怒之下，把老板炒了。

2.

说实话，这已经是我两年内的第五次失业了。

要么被老板干掉，要么干掉老板。待得最长的一个公司不超过半年，最短的一个地方只有三天，连洗手间都没有找到位置就愤然离去了，只因公司每天早上上班前要求我们像传销公司一样喊几声震脸发红的口号，完了之后还要分两排站在门口迎接公司的大领导——这让我觉得特傻。

所以，通过我有限却漫长的职场生涯，我得到了两个坚如磐石的结论：

（1）我不适合职场。

（2）职场也不适合我。

随后，我带着身上仅有的一千元和两包没吃完的方便面，连夜坐上了北上的列车，准备跟随人潮，奔赴一直想去的北方文化之都。可还没有到站，我又突然想起了韩寒的《后会无期》，随后无可救药地怀念起了静谧而深邃的大海。

很快地，几乎没做太多的考虑，我便在中途下了车，换了趟绿皮火车，往海边开去——我就是这样的一副德性，总是随性而起，兴尽而终，没有坚定的信仰，方向随时可能变化。

对此，女朋友已经这样说过我好多次了，说我总是这样不踏实，不可靠，让人很没有安全感——可同样的这个我，大学的时候，她却称之为浪漫，有情怀，让人觉得很有趣。

3.

火车到站时，已经是下午临近傍晚了。刚出站不久，我就在沉沉的暮色下，被一帮热情到近乎诡异的大妈团团围住，几乎无法呼吸。她们像一大群饿了大半月的狼一样，给我拼命推销各种旅游路线。

我几乎在没做任何抵抗的情况下（说实话，对于这个世界我已经抵抗够了），就被莫名其妙地拉到了一辆摩托车上，随后九曲十八弯地到了海边，吃了一顿以小贝和小虾为主的海鲜小餐——可恶的是价格也是小贵，完了之后便登上了一艘诡异的游船。

其实，刚上船我就有些后悔了，因为这艘船特别破旧，饱经风霜，似乎随时都要散架的样子，可转念一想，我好像又有些期望看到它马上散架，让所有人抛尸荒海，尸骨无存。一念至此，我便咬咬牙，痛快地交了 200 元的天价登船费，跟另外几个傻里傻气的小青年待在了一起。他们都是情侣或准情侣，只有我是一个人，像是傻子一样形单影只的，直愣愣地看着他们——考虑到我有好几天没正经洗漱了，所以从他们的角度来看，想必看到的是一个蓬头垢面类似国家 A 级逃犯，身上没准还携带着不明凶器的家伙。

所幸，我的心情很快就大好了起来，因为此刻夕阳如醉，晚霞如画，"送飞鸟以极目，怨夕阳之西斜"，呼呼的海风，迎面扑来，带来了一阵淡淡的腥味，让我瞬间想起了大学第一次轻吻初恋时的海边，想起了毕业旅行去到镜海后遇到了一个如同从画中走出的姑娘……

我感觉特别舒服、惬意，甚至忍不住哼起了歌，从周杰伦的《东风破》到梁静茹的《宁夏》再到陈奕迅的《人来人往》……我觉得世界就应该这样——没有 KPI，没有格子间，没有西装革履，没有高耸入云的写字楼，没有地铁公交，没有拥挤的人潮，没有买房的压力，没有女朋友的逼婚，也没有车水马龙前的茫然，更没有灯红酒绿追名逐利的迷失……只有我，海洋和天地。

随后，我以一种经典的"葛优躺"，无比惬意地躺在船头的一张沙发椅上，心如止水，临海入定，回顾着过往这短暂却跌宕的小前半生，不知不觉就睡着了，梦中江南草长，繁花盛开。

也不知道睡了有多久。突然，在一阵慌乱声中，我被生硬地推醒了。"台风来了！"

还没等我彻底地回过神来，一重巨浪便扑了过来，我闭嘴不及，立马呛了一口水，随后彻底地醒了过来。

此刻已是黑夜，船在急剧地摇动，愤怒的海浪不断地翻涌着，盖住月色和星光，天地间似乎有些分不清界线。慌乱中，也不知谁给我扔过来一件救生衣："想活命的赶紧穿上。"

话音刚落，还没等我扣好救生衣扣子，船就被一个巨大的海浪给掀翻了。

4.

再次醒来时，我发现自己躺在柔软而冰冷的沙滩上。阳光是如此刺眼，内心是如此仓皇，一个姑娘蹲在我的面前，长发如瀑，美目盼兮。

"美——好美啊！"

这是跳入脑海中的第一个念头。紧跟着第二个念头，就是怀疑："我是不是死翘翘了？而且还恰好来到了天堂。"

5.

"醒来了。"我想我一辈子都不会忘记她的声音，如海鸟，如飞鱼，更如禅琴般空灵。"我还活着？"

她点点头，一抹笑容如风吹过水面般拂过她的脸蛋。

"你帮我做的人工呼吸？"

"没有。想哪儿去了？我把你摇醒的。"她乐了，"喝点水吧。"

我接过她递过来的矿泉水——心想此刻就算是毒药也管不了了，然后挣扎着坐了起来，一口饮尽，随即恢复了些元气。

"那我走了。"她说道。

"就走了？"

"还有其他事？"

"没——没有。"逐渐刺眼的阳光下，我怅然所失地看着她的倩影，不断地远去，慢慢地变小，直到完全消失在远方的沙滩和天地间。

6.

起来后，我开始四处闲逛，试图找回那艘被海浪打翻的游船，看看那几个跟我一起上船的傻帽儿情侣是否跟我一样幸运地活着。

可来回走了好几圈，直到走到双脚发酸头晕目眩，我都没有找到任何的蛛丝马迹，想必是连人带船被无情的大海吞噬了吧，于是果断放弃，决定先去找些东西吃好了。

很快地，我便发现，这个小岛虽然静谧，比鼓浪屿人少，比涠洲岛美，但并不是一个没有被开发的原始荒岛——有那么一刹那，让我想起了毛姆的《月亮和六便士》，男主人公思特里克兰德在临死之前来到了一个岛，并在那儿找到了自己的归宿，创作了一幅足以流芳百世的作品。

我心想，或许跟他一样，这个岛也一直在等我吧，召唤着我来到。于是，我决定暂时住下来。

虽说目前身无分文，只有一个被水浸泡坏了的手机。但我有手有脚，有学历，有颜值，会电脑，英语还过了六级，虽然口语还是一塌糊涂，可找个工作应该不难吧。

如我所愿，很快地，我就在一家名叫"徐来"的客栈找到了一份工作。

7.

徐来客栈虽然口口声声自诩为客栈，但其实并没有客房，只是一家书店而已，有点类似于"猫的天空之城概念书店"。里面除了书之外，还卖些咖啡、果汁、芝士榴梿蛋糕什么的。

客栈位于海边的沙滩上，面朝大海，风水极佳，而且里面特别大，200多平方米，曲径通幽，布置精致，让人感觉每次光临都能邂逅不一样的惊喜。

对了，客栈目前一共有五个员工：

一个是店长，名叫千夏，小个子女生，其貌不扬，却像一个勤恳、热情同时仪态万方的日本女子，身上有着满满的元气。她主要负责客栈大小事务的统筹，我正是她面试聘用的。

一个是主播，名叫悦悦，负责每晚的读书活动，偶尔还会露露嗓子，唱唱赵雷式的民谣，轻易便让人沉醉其中。

剩下两个员工，加上我，主要负责打杂、跑腿、榨果汁、做蛋糕、收银等事宜。

我每天做的事情，非常简单，但内心很充实，一天过得特别漫长，但一点都不乏味。

有时候，我会想，就着目前的时光和静好的岁月，任由自己慢慢到老，或许也是一件美好而有趣的事。

8.

就这样，一直到半个月后，我才愕然发现，原来徐来客栈是有掌柜的，因为刚好出岛办事去了，所以没来得及见面。

然而，等到掌柜正式归来，我又立马傻眼了。

真是冤家路窄啊！原来此掌柜并非他人，而是当时在海边那个把我摇醒并给我水喝的长发姑娘。

对于我这个不速之客，掌柜也非常惊讶，在确定我并没有跟踪她而是不经意地有缘千里来相会地来到她的客栈之后，才同意让我留下。

9.

一直以来，徐来客栈的生意都非常好，因为这是岛上唯一的一家书店，而且徐掌柜长得也是出尘脱俗，气质惊艳，让人想起当年那个卖豆腐的西施 —— 虽然我也没见过。

还有一个原因就是，这个岛的网络信号特别不好，有时候半个月才有一次，主要是看天气，所以大家很多时间宁愿过来看书，而不是在家里追剧或刷朋友圈。

每个月，客栈都会举办一两次的读书会，报名的人很多，一般都需要提前预约才有位置。另外，像是情人节、七夕节什么的，客栈还会举行相关的主题活动，岛花岛草都会前来赴约，整得是热闹非凡，丰盛有趣。

对了，客栈除了会卖咖啡清茶和果汁之外，偶尔还会卖酒——之所以说偶尔，是因为酒的供应量很少，而且只有一种酒，名字叫"念旧·否"。

"念旧·否"是徐掌柜自己亲手酿的，独家秘方，概不外传。据说喝了之后，可以把过去的情伤通通忘掉。

我喝过几次，味道不错，比日式清酒浓，比中式黄酒淡，不过由于我并没有情伤——女朋友居然还没有跟我分手，真是够奇葩的，所以也不知道有没有奇效。

10.

过了腊月，小岛才正式进入冬天，天气开始越来越冷，凛冽的北风一天比一天刺骨。临近圣诞节的一个晚上，我正好在客栈值班，掌柜的那天忙到 11 点才回去。

只见她前脚刚走，老天后脚就下雨了。我急忙关好门，准备给掌柜送伞。

直到很多年后的今天，我依旧忘不了那天晚上，夜风特别大，伴随阵阵的呼啸声，头顶的月光早已经被黑云淹没，眼前的路灯寥寥无光，雨却是越下越大，我突然听到前面不远处传来一阵"走开！救命呀"的尖叫声。

声音隐约从雨中传来，我很快就听出了是徐掌柜在喊救命。内心一惊，二话不说，我一个箭步冲了过去，顺着声音在一片凌乱的草丛中看到了一个中年男人，在不断地撕扯着徐掌柜的衣服。

眼看着掌柜的上衣已经被撕碎了一大半，我怒喝一声，说干吗？！然后一脚踢过去，力道大到惊人，居然一脚把他踢进了旁边的草丛。

紧接着，我赶紧从地上捡起一块拳头般大小的石头——感觉不太放心，又低头多捡了一个，随后横刀立马，做好架势，准备着来个生死对决，可等了好一阵子，男子都没有出来，也没有听到任何的声音，想必人已经跑了。

11.

"报警吧，要不？"送掌柜回家后，我们惊魂未定地瘫在沙发上。她换了套衣服，也给我拿了套运动服，尺码刚好合适。

"算了，这么晚了。"掌柜沉思片刻后，无奈地说道，"而且刚刚下这么大雨，又这么黑，我也没记清楚那男人长什么样。"

"那好吧，需要的话，我今晚睡这儿。"

掌柜看了我一眼，没有答应也没有拒绝。略带暧昧的灯光下，在她那一汪秋水般的双眸中，折射出了一份欲说还休的幽怨和柔情。那一刹那，时间被冻结了，窗外的北风也停止了呼啸，我内心不由升起一股难以压抑的冲动，想要过去轻吻她——所幸冲动转瞬即逝，否则后果难以预料。

当晚，我在客房中万分困倦，却是一夜无眠。

12.

过完春节，小岛上的网络开始变得稳定了，以前的 2G 还得看天气，如今是 4G 稳定输出了，而且还通了 Wi-Fi。

这意味着，世外桃源般的小岛也即将进入躁动的互联网时代。同时也意味着，来客栈看书的人越来越少了。

还没熬到秋天，徐来客栈已经是门可罗雀，生意每况愈下，入不敷出了。很快地，工资也发不下来了——因为是提成制，就算是发下来，也不过是寥寥无几。所以很快地，主播就辞职了，其次店长和店员也走了，最后只剩下我和徐掌柜。

"你怎么不走？"一个静谧而多情的下午，我和徐掌柜坐在书店的一角，一直到夕阳西落，也没来几个人。

"我还没想好。"我说，"那你呢？"

"这个客栈原本有一个掌柜，5 年前我不经意来到这个小岛，来到这个客栈，仿佛就是为了跟他在一起。后来，他更把我的姓改成了客栈名。可在一次没有任何不良先兆的出岛后，他就音讯全无了。"

"所以你一直在等他？等了他 5 年了？"

她没再说话，而是目不转睛地看着外面的大海，仿佛看着的是一幕幕的陈年往事。

13.

冬天再一次来袭，气温慢慢转冷，偶尔还下些冰雹，来客栈的人越来越少，堆积的书则越来越多。我跟掌柜都知道，这样下去，客栈迟早都要关门，但我们都有意识地避免谈及这个话题。或者说，我们也并不是那么在意。

大部分的时间，我们会坐在客栈的一个角，一起聊天，闻闻书香，听听音乐，就着雪花或阳光，暖暖地虚度过一个又一个的下午。

当然，对我来说，徐掌柜本身就是一本书。她似乎有着很多尘封的往事，每一次跟她聊天，总能知道一些什么，比如说徐掌柜最喜欢看王小波的书，我则更喜欢村上春树还有塞林格。

临近端午节的一天，突然停电了。我们点着蜡烛，吃着海鲜，喝着徐掌柜所酿的"念旧•否"。"这是我酿的最后一坛酒了。"她已经有些醉了，脸蛋微醺，双眸如梦。

"为什么？"

"因为我发现它根本没用，忘不了过去。"两颗豆大的泪珠从她脸上滑落下来。

那一刻，我心如刀割，随后情不自禁地亲吻了她。她并没有拒绝，我全身一热，旋即感受到了嘴唇的湿润、柔软和温度。

随后，她好像在一瞬间，化成了一场暴风雨，把我彻底地吞噬了。而我则心甘情愿地深陷其中，感受着她身体如蛇般的扭动，感受着她身上的每一寸温度和清香，感受着鱼和水，蝶和花，月跟海交融的那一刻所迸发的足以让全世界安静的原始野性。

14.

"客栈很快就要关门了，你准备去哪里。"次日清早，我在一片愉悦的鸟叫声中醒来，徐掌柜背对我，淡淡地说道。

我说我哪里都不去。

"你必须去。"语气是那么坚定。

那一刻，我明白了她的意思。我们的关系已经不是那么纯粹了，我再也无法留在这儿了。

沉思片刻后，我没再说什么，只是默默地起身着衣，然后走到房外，就着清晨的第一缕阳光，一杯又一杯地喝着"念旧•否"，任由内心翻江倒海，波浪滔天。

其实，我一直就想带她离开，但我知道她不愿意——我甚至都没有勇气问她。我不知道她还会等多久，可能是一个月，一年，三个冬天，甚至是一辈子。

15.

在岛上待了15个月后，好像待了整整有15年，我终于还是决定离开小岛，离开这个仿佛是世外桃源的地方，因为我已经找不到留下来的任何理由。

毫无疑问，这段时光是我人生中的黄金时代。我曾经死里逃生，来到一个梦想中的海边书店，跟着一帮人为了梦想而奋斗，又因为梦想破碎后各奔东西。

我一直以为有个地方没有风雨，没有喧嚣，足以安放我们那颗浮躁的心，但我后来却明白，没有所谓的桃花源，真正的平静取决于我们的内心，"此心安处，方为吾乡"。

就这样，我在小岛找回了自己，也找到了人生的意义。带着它们，我回到了大城市，也回到了女朋友的身边，我不再觉得跟这个世界格格不入。

16.

然而，不管是在生活中，还是在睡梦里，往后这么多年，我都再也没见过徐掌柜。

三

我想

和你虚度晚秋

银烛秋光冷画屏，轻罗小扇扑流萤。

我知道你从未远去

1.

"我男朋友死了。"

米白色的沙发上，她姿态优雅地坐了下来。包裹着黑色丝袜的两条大长腿，很自然地交错在我的面前。一阵足够久的沉默之后，她终于还是开口了。

2.

我叫沈二，是 G 市一家心理咨询中心的首席咨询师。所谓的首席，也是对外的广告宣传而已，因为整个咨询中心，加上我总共才三个咨询师。

明天就是年三十，因为今年不回家过年，所以很自然由我值班。天色刚暗，晚风乍起，我跟前台小美说："回去吧，今晚应该不会有人了，而且看这天气，马上就要下雨了。"

"真的！我走了你一个人不寂寞？"

"得了，别假惺惺了。"

"沈大哥真好！"

小美麻利地收拾完东西，随即给了我一个大大的拥抱，然后就蹦蹦跶跶地跑了——说到这儿，可能有些朋友会误会，但其实小美是个特别热情的小姑娘，有四分之一的印尼血统，不管男女老少，她都爱抱一下。记得有一回，咨询中心来了个面黄肌瘦的男老板，她也去抱人家，后来得知这个老板染有梅毒和艾滋病，吓得她一天之内洗了五次澡，两天跑了三家医院检查。

　　不过没隔几天，她又像是没事儿人一样，再次挥洒着生命的热情，去拥抱世上的每一个人。

　　此刻，天色是越来越暗，雨开始越下越大，我独自一人坐在窗台，出神地看着雨中的车水马龙，耐心地等待着忙碌了一天的收尾。

　　就在这时，一个年轻而时尚的姑娘走了进来。只见她披着一袭黑色长发，身上穿着一件大红色的紧身连衣裙，手上则挎着一个香奈儿包。

　　有意思的是，这个姑娘不但戴着一副黑色墨镜，脸上还挂着一副黑色口罩，可谓是密不透风，严阵以待。

3.

　　"不好意思，请问你是咨询师吗？"声音甜而不腻，而且有着稳稳的穿透力，像是专门练过的那种——结合她的身材和仪态来初步判断，职业可能是主播、演员或模特。我笑着点了点头，说你应该没预约吧。

　　对于她的"墨镜/口罩"套装，我并没有多惊讶，因为在咨询室遇见的人千奇百怪，我还遇见过有人戴摩托车头盔呢。

她说："是的，回家路过的时候，刚好看到了你们这个中心的招牌，就想进来看看。我刚刚还在想，明天就是大年三十了，要是今天还有人我就来问问，没人的话就算了。"

我笑着说："很感谢你对我们的信任，看来你是我们年前的最后一个来访者了，欢迎。"

随后，我跟她简单介绍了一下中心的基本情况，包括咨询费用、注意事项等——当然，考虑到她的装扮，我还特别跟她强调了这里的保密性。

她一言不发地听着，直到我说完，她才点头说没问题，然后我就带她进到了咨询室，其间我还简单地做了下自我介绍。

她犹豫了几秒，然后说她叫李冰——毫无疑问，这是一个化名。

4.

偌大的咨询室，只摆着两张颜色款式甚至新旧程度都完全一样的单人沙发，李冰很自然地挑了其中一张坐下，随后单刀直入地说道：

"男友上月末遭遇车祸，不幸遇难了。"

"天灾人祸，始料不及，你一定很难过吧。"

"嗯，非常痛苦，而且我总觉得，是我害死他的。"

"为什么？"

"我也不知道，我总感觉，任何人跟我在一起都不会有好结果！"

说到这儿，她突然就情绪激动起来，与之伴随的，是身体轻微的颤动，随后更像是打开了开关的水龙头一样，泪如泉涌。

5.

窗外还下着雨，风呼呼作响，她在屋内恣意地哭着，宣泄着，流动着，似乎要用尽全身的力气去证明女人是由水做的。考虑到今天恰好还是一年一度的情人节，所以这样的场景，哪怕多年之后，我都无法忘记。

也不知过了多久，她才停了下来，然后跟我说，过去一共谈过四个男朋友，一开始感情都不错，可谈到后来，感情都会清一色地变坏。而且奇怪的是，恋情都撑不到两年，好像中了邪一般。

"这是我的第四个男友了，他特别好，特别能包容，是难得的能到两年的。我以为总算可以破除魔咒了，都已经到了谈婚论嫁的程度。可命运却是如此残忍！我想我一辈子都不敢谈恋爱了。"

听完她的故事后，我先共情和安抚了一下她的情绪，随后告诉她，虽然她的问题有些特别，但也并不是独一无二的。

要知道，很多的来访者之所以痛不欲生，往往是因为他们自认为自己的问题是最特殊的。所以，如果能够破除他们的自恋，让他们知道自己不是孤独的，往往能够第一时间给他们止痛。

随后，我跟李冰聊了聊她的男朋友，他们的工作和感情，尤其是事故发生前的状态。

"你想过没有，会不会是你导致的车祸？"我试探着问道，这一问其实有一定的风险，不过考虑到现在时间不早了，明天又是年三十，而且她也没有预约，所以在潜意识里，可能我也想早点结束这次服务。

6.

"为什么这么说呢？"声音中藏着一丝不易察觉的恐惧，但我却能清晰地通过身体感觉到她口罩背后的脸色突变。

我说，他是不是刚刚出差回来，下了飞机回到家都深夜 1 点了，可这么晚了，你还要求他过去陪你——虽然你没有直接开口，但你表达了害怕，不想或者不敢一个人睡……他这么爱你，一定会过来陪你。

要知道，疲劳驾驶和深夜驾驶都是车祸的罪魁祸首。而且，你不止一次间接促使他这样做。所以问题是，在潜意识里，你为何有杀他的倾向？莫非你有其他的情人？

7.

"神经病吧你！胡说八道！"她顿时恼羞成怒，二话不说便应声起立，随后拂袖而去。

8.

然而，年初三的晚上，我并无意外地接到了李冰的电话。

她说那天真的不好意思，情绪有些失控，这几天想了很久，觉得我说得有道理，希望可以跟我再约一个时间。

我笑着说："新年快乐，不过我们还没有开业呀。"

"我知道，这样子打扰你确实不好，因为我年后就要出差了，一去要大半个月，想着如果你还在 G 市的话，我们找个地方见面。对了，我会按国家法定节假日的标准，给你三倍的咨询费。"

"外加一顿丰盛的晚餐！"看到她如此豪爽，外加这个案例的特殊性，我不假思索地说道，"我请。"

9.

第二天下午，我们相约来到了一家阳光满分，环境雅致的高档西餐厅。

她看上去比之前憔悴了很多，似乎有好几个晚上没睡，但隐隐间还是能流露出一份林黛玉似的病态美。

这一次，她并没有戴口罩，却换了一副更大的墨镜，几乎把半边脸遮住了。

"我没有其他的情人。"这是她跟我说的第一句话。

"我知道。如果有的话，事情就简单很多。"

"那你还问？！"

"我试探一下而已。你说你之前谈了三个男朋友，都是不到两年就分手了。知道是什么原因吗？"

"要是知道我就不会找你啦。"

"很好，我大胆地猜测一下，是不是每次恋爱快到两年的时候，

126

你总是会无缘无故地作，一直作到你男朋友受不了为止，然后就分开了。"

她沉思了一下，没有搭话，但也算是默认了。

"而且每次分手之后，你虽然很难过，但同时也有一丝隐隐约约的解脱。"

话音刚落，她突然抬起了头，一声不吭地看着我，墨镜的后面隐隐能看到两只瞪得大大的水汪汪的眼睛。

10.

就这样，经过一番折腾，李冰跟男友分手的原因总算是清楚了，并不是所谓的中邪，也不是什么命运恶毒的玩笑。但有一点，我一直没搞明白，为什么每次恋爱都是两年？两年对她来说到底意味着什么？这么精准的数字背后到底有什么隐喻？

为了找到其中的真相，我对李冰的原生家庭，从父母到姐妹，从爷爷奶奶到七姑八姨……进行了更深入的沟通，随后失望地发现，李冰从小就在糖罐中长大，爸妈非常相爱，婚姻幸福，家庭富有，亲戚对她也不错，并不存在常见的原生家庭伤害。

那会不会是她在说谎呢？我一念又起。要知道，她可是一个专业的演员。

后来，考虑到她老家并不是很远，就在周围的一个市，70多分钟的车程而已，为了破除这重迷雾，我提议去一趟她的老家，她欣然同意了。

11.

第二天一大早，我们便披着晨光，心事重重地来到了她老家。不过，老家并没有多少亲人，只有一些平时不太来往的远房亲戚。

在一一沟通后，我依旧没有找到任何有用的线索，也没有勾起她任何有关的记忆。

原计划当晚回去，可没想到一场猝不及防的大雨挡住了我们的归路，考虑我们已经折腾了一天，身心疲惫，并不打算疲劳驾驶——我可不想像她的男友那样。于是我们就近找了一家酒店，决定暂住一晚。

12.

万万没想到的是，当晚睡到一半的时候，我突然听到有人在敲门，声音急促而焦躁。我赶紧翻身下床，顶着个大裤衩去开门，随后吓了一大跳。

眼前的李冰一身白衣，光着脚丫，头发凌乱，像个泪人一样站在我面前。

13.

她说她害怕，而且看样子是真的见鬼的那种害怕。

我让她赶紧进来，然后让她坐下，并给了她一盒纸巾。过了许久，纸巾剩半，她这才心情稍微平复了一些。

"做噩梦啦？"

"不是，是这场暴雨，而且我们住的这个地方，让我想到了一个人。"

"前男友？"

"算是，但不是那个，而是初恋。"

"他也死了？"

"嗯，是自杀的。而且在自杀的前晚，我曾梦到他。"

"这么奇怪，跟我说说那天的梦。"

"那个梦很真实，他穿着一件白衬衫，然后跑过来跟我说再见。他说他要去很远很远的地方，他说话时有一些悲伤，但语气很坚定。醒来后，我第一时间想找他，可因为我刚刚跟他分手不久，所以没敢去找。结果没想到，第二天就收到了他的噩耗。"

"你们恋爱了两年？"

她说是的，从高一到高三，就在酒店附近的中学。

……

说到这儿，一切的谜团顿时迎刃而解。

14.

回首当年，初恋死于非命，对她的打击特别大，她一直把男友的死怪在自己身上。所以每当进入恋爱，还不到两年，她就开始作，因为她在潜意识认为，如果到两年没分手，男友就会跟初恋一样死去。

正是在这样的心理逻辑催眠下，她的行为越来越怪异，情绪越来越失控，一般的男友肯定受不了她的折腾，都会跟她分手 —— 这也是她前面的恋爱一直破裂的原因。

值得一提的是，她之所以没记住这段往事，是因为她当时太痛苦太自责了，以致把这段记忆彻底地压抑到了潜意识里。

15.

结束咨询后的一个月，阳光明媚的一个下午，我接到了李冰的电话。

她跟我说，过完年马上要进新剧组了，这次去的是泰国，可能要拍一个月才回来。

"为了表示对你的感谢，我想给你送一份惊世厚礼。"

"什么厚礼啊？榴梿还是人妖？"

"哈哈哈，都不是，而是给你一个排队都难求的千载难逢的机会 —— 请本公主吃晚饭。"

这该死的轮回

1.

这一年，我 39 岁，即将步入所谓的不惑之年。

不幸的是，造化弄人，命运多舛，活生生地把我推到了离婚的边缘，噩梦的境地，以及人生的十字路口。

2.

我想，这辈子都不会忘记那一天。

那是 2018 年的平安夜，夜色入深，孩子们早早入睡，刚亲热完的我们，一声不吭地，半裸着身子坐在床边，他在玩手机，我则在发呆。

"我们离婚吧。"声音轻微而坚定，语气则冰冷得像是盛夏中猛然刮起的一阵寒风。

我猝不及防，心如刀割。虽然我早有心理准备他可能会提离婚，但我万万没想到，他会选择在这样一个日子，这样一种场景，如此冷血地做出这样的一个决定。

万分崩溃之余，我努力用残余的力气撑起身子，并迅速披上睡衣，头也不回地走出房间，随后眼神茫然地穿过客厅，来到了阳台上。

此刻，暗紫色的天空，飞舞着偌大的雪花，北风阵阵袭来，仿佛是走了千万千米的路，并带着积累了几个世纪的愤怒。我站在阳台的边缘，默然无语，泪流如注，所有的眼泪还来不及跌落在地，便化成了一条条的冰柱。

那一刻，我脑海中突然闪现出一个念头——纵然一跃，让自己彻底地融化在这一片茫茫大雪之中，结束所有的痛苦，涅槃寂静，如此美好。

然而，就在这时，女儿的哭声突然响起，并轻易穿过偌大的房间和客厅，瞬间便湮没了整个世界。

3.

还记得，七年前的春末，草长莺飞的日子，"暖风熏得游人醉"，他带我去京都赏春——这是我们正式确定关系后的第一次出游，去的也是我一直想去的地方。

那天的阳光特别好，天空特别蓝，风儿也特别荡漾，清水市的樱花，美到让人窒息。路上有无数的行人，背着包的游客，穿着和服的姑娘，浓妆厚抹的艺伎，求神灵保佑的虔诚者……

倏然间，一阵清风扫过，樱花随风而坠，如同美丽的花雨，亦如同飞舞的蝴蝶，所有的人瞬间消失了，天与地之间，只剩下彼此相爱的我们。

"世间所有的相遇，都是久别重逢。"那一刻，我在想，在为爱漂泊了这么多年后，我终于找到了一个心爱之人，一个心安之处，一切都仿佛是命中注定。

我是如此坚信，这一定就是命中注定！"所爱隔山海，山海亦可平。"

从清水寺回酒店的出租车上，我依偎着他的手臂，时间缓慢而柔美，如同一个古老的唱片机在播放着曼妙而静谧的旋律。

然而，就在这时，他的脸色突然凝重了起来，然后开始机不离手地发着微信，好像在跟别人解释和争论着什么。

"怎么了，因为工作的事吗？"我关心地问道。

他不吭声，过了许久，他突然说："不是，我想跟你说一个事，你要有心理准备。"

"你有女友？"我有一种不祥的预感。

"我有老婆。"

4.

认识他的那一年，他33岁，复旦毕业，留学归来后进入世界500强企业，并经过多年打拼，成功混成了公司高管，可谓是年轻有为，外加温文尔雅，长相帅气，毫无疑问是很多人眼中的白马王子。

唯一的缺点就是有家室。

但我那时候并不知道——或者更确切地说，我只是隐隐约约有过这样的怀疑，却始终没有正式确认过，不知道是不敢还是不愿。

一直到半年后的日本游，我这才发现，他不但早已成婚，而且还有两个儿子。就这样，童话破灭，狗血淋头，人生荒诞如斯，一不留神我就成了第三者。

而且如你所料，因为惯性和害怕或者说是贪欲，我让自己越陷越深，越深越陷，直到最后，不可自拔。

5.

2019年的元旦过后，几个月下来，日日夜夜朝朝暮暮分分秒秒下来，仿佛过了几度春秋几十年甚至几个世纪，因为他前后多次逼离，其间还度过了春节——这是我们结婚以来的第一次分开过年。

每一次逼离，他的语气都是那么坚定而冷酷，而且似乎要把婚姻中所有的责任都推到我身上。我开始怀疑，他在外面有其他女人了。

我确定，他外面一定有其他女人，一如当年的我。

很快地，答案就浮出了水面。

在他的电脑里，我发现了他跟小三出游的照片，还有他们之间的聊天记录，点点滴滴，浓情蜜意，片片断断，情投意合，却如银针般刺痛着我的心。

"由来只闻新人笑，有谁听见旧人哭。"想当年，作为新人的我，跟他一起度过了多少甜蜜而幸福的时光，没想到时隔多年，物是人非，我却在不经意间，成了他急着扫地出门的旧人。

更过分的是，有一回我们一家人在外面吃饭。席间，他还在时不时地玩手机，坐在一旁的儿子突然问道："爸，璐璐是谁啊？怎么老是叫你亲爱的？"

那一刹那，时间仿佛被冻结了。一股积压了多时的怒火，顿时如同火山爆发般喷涌而出，我一个箭步冲到他的身边，一手抢过手机，然后用尽此生力气扔出窗外。

6.

2013 年的五一，年至端午，夏风初盛之时，我们一起去了新西兰。

那是一个特别美丽但有时候方圆百里都见不到几个人的国度，我们沿着海岸线游玩，内心如夏花般绽放。

对于幸福，我是如此笃定，我一再憧憬着跟他的未来，我们的孩子，甚至想到以后老了退休了，可以待在这样一个地方养老，有挥霍不尽的阳光，有美丽柔软的沙滩，有静谧丰盛的下午茶，还有软绵绵的时光……

其间，他一再强调，这么多年了，其实感情还像是沙漠一般贫瘠。老婆不过是一个普通的家庭主妇，文化水平不高，两人没有太多的共同话语，价值观也有很大的差异，当初的结合本来就是一个错误，只是为了结婚而结婚而已。

他还说，他跟老婆的不适合跟我没有任何关系，就算没有我，他也会跟她离婚的，早晚的问题而已 —— 显然他在撒谎，但我却天真地或者说自欺欺人地信以为真。

"你想好了？"游玩的最后一天，我们躺在沙滩上，望着一望无际的大海，任由夕阳消逝在海平面上。他突然问道。我默然不语，内心却是小鹿乱撞。

"那你愿意嫁给我吗？"

7.

跟他正式在一起后，很多人都来劝我，或有理有据，或苦口婆心。一个神秘的女人还偷偷地给我发过信件：

"你别傻了，越早离开越好。我之前就跟他好过一阵子，他就是一个十足的渣男。"

虽然她给了我一些所谓的证据，包括信息和照片，我却以为她是嫉妒，典型的"吃不到葡萄说葡萄酸"的心理。

十几年的好闺蜜劝我说：

"这可能是一条不归路，悬崖勒马吧。"

我说："人生本来就是一条不归路。谁最后不都是黄土一抔，我只想在这一刻，去追逐自己想要的幸福，有错吗？"

韶关南华寺的一个算命大师，给我算了一个卦：

此行多险阻，苦海亦无涯。念念相续，苦痛里都是执着。

出了寺庙，我发誓这辈子都不相信算卦的，这些都是封建迷信，骗人钱财的玩意儿。

……

直到结婚的前几天，我还在重复地做着这样一个梦，梦到自己开车，越开越快，然后刹车突然坏了，结果一口气冲下了大海。虽然我会游泳，但梦中却总是浮不起来，唯有拼命挣扎，却无济于事，也没有人救我……

每一次，从梦中惊醒，我都告诉自己，梦都是相反的。

8.

2015 年，我们的孩子出生了。

有人说，孩子是爱的结晶，是上苍眷顾而赐的礼物。

但我们的婚姻却因为这个结晶和礼物的到来，很快就变成了爱的坟墓。而这个曾让我觉得温暖的港湾，也渐渐变成了情感的沙漠。

不知从何时起，我们不再无话不谈，琴瑟和弦，而是沟通越来越少，吵闹越来越多，生活也开始越来越乏味。他开始对我有着越来越多的意见，因为各式各样的借口，比如说：

因为跟婆婆的几次无关痛痒的冲突；

因为有几个礼拜没有给他的孩子换被子；

因为我不爱运动一有时间就喜欢宅在家里追《权力的游戏》；

因为每晚为了工作睡觉比较晚；

或是因为周末的时候睡懒觉……

总之，有着五花八门的理由，有着猝不及防的借口。结婚多年，我终于明白，一个男人一旦不爱了，变心了，你做的任何一件事，都可能成为他不爱的理由。

9.

相反的是，他觉得那个女人的一切都是那么美好、纯粹，以致带着光：那个女人比他小 5 岁，浙大毕业，毕业后自己开了个公司，做艺术教育方面的培训。

也就是说，我一来没那个女人年轻，二来没她有趣，更没有她有钱有能力。总之，在老公的眼中，我一无是处。

更让我难过的是，那个女人虽然已经三十有四，可却一直未婚，这意味着她并没有什么牵挂，同时也非常恨嫁，属于各大情感咨询师口中最难缠的类型。

后来有一次，我们还见过面，吃了个饭，是我主动约她的，她欣然赴约，甚至都没有提前告诉我老公。

对于她的所作所为，她没有丝毫的愧疚 —— 而最让我绝望的是她的眼神，因为从中，我仿佛看到了十年前的自己：

毫无顾忌的坚定，歇斯底里的自信，以及对自己想要的东西永不放弃的执着。

10.

与此同时，老公对我的眼神早已经没有当年的柔情似水，取而代之的是嫌弃和否定，仿佛过去的十年就是一个错误，一个污点，急需要修正和抹掉一样。

那一刻，我瞬间理解了他前妻多年前的感受。其实这一切，不过是一个轮回，可怕的轮回，谁也逃不过的轮回。

在经过两个多月的琼瑶式的以泪洗面和撕心裂肺之后，我终于决定了放手 —— 正如莎士比亚的《罗密欧与朱丽叶》里的第二幕第六场所说：

"这场残暴的欢愉，终将以残暴而结束。"

11.

时光如水，往事如梦。仍记得，29 岁的那一年，秋高气爽的某个晚上，我加完班从公司里出来，疲惫地走在路上，星光寥寥，路人稀疏，月色明媚如梦，路灯微暖如醉。

突然，在我的旁边，出现了一个巨大如鬼魅并且充满着无限诱惑的影子。30 秒后，我鬼使神差地进入了这辆车子，仿佛是宿命一般。

从今往后，十年春秋，一场游戏一场梦，一段孽缘一段烟。

我的女朋友是杀手

金庸走了，带走了一个时代，留下了半壁江湖，还有千千万万被他的武侠小说影响深远的人——当然也包括我。

以下的故事是多年前所写，有关江湖的无边风月，有关剑客的爱恨情仇……在这个世无古龙梁羽生再无金庸的时代，一起来回顾一下，只为了向曾经热爱过的武侠岁月致敬。

题记：这江湖，有一些事叫作身不由己；这世间，有一种爱叫作不离不弃……江湖的背后是一片血色的沉浮，而爱情的尽头则是一次生与死的轮回。

1.

在我还很小的时候，我便跟师父在一起。那时我还不懂事，不明白为什么要住在这么高的山顶上，为什么这么高的山顶上除了师父就只有我一个人，为什么我一个人的时候总会想这么多的问题。

我就像是一个未知数，心里面藏有很多的为什么，很多的无法明白无法理解以及无法确定。但我始终坚信的是，总有一天我会离开这里，所以我一直耐心地等待着，也期盼着，就像花儿在等待春天一样。

山顶虽然很高，却别有一番洞天。云雾缭绕的山地上，树繁叶茂，鸟虫生趣，恍如一片蓬莱仙境。

我的名字叫作"沈二"，可这名字自存在以来就没有人用过，因为师父只会叫我"小二"，但师父不常叫我。师父常做的事情就是一个人待着，不说话，盘着腿——人们通常管之称为坐禅，或静修，可我认为这跟发呆没什么区别。

一般来说，师父要是不发呆的话只会有两种情况：一是他要下山，二是他在山下。从我记事以来——记事之前应该也是如此，师父每月都会下一次山，而且都会挑在十五号，并于三四天后回来。虽然师父下山的动机不明，但想必也不单纯，因为每次他回来除了会满面风尘疲态毕露身心憔悴以及会带些新鲜的小玩意儿给我之外，偶尔也会带些伤口，上面还在不断流着冒着热气的血。

不知不觉，师父下山的习惯已持续了十几年，可他从未觉得厌烦，或是无趣。对于师父来说，这就好比一个人每天晚上都会睡觉而到了白天又会醒来一样自然。而作为徒弟，我当然是不能够有什么抵触性的意见。再说了，师父不在的这几天里几乎是我每个月最充实的日子。

除了下山之外，师父还有一个特点就是话少，这集中表现为不该说的绝对不说，应该说的尽量简单来说。打个比方吧，师父每次下山前都会把我叫到身旁，先是神色安详地看着我，一直看到我以为脸上长东西为止，接着就会用手指指一下自己再指一下山下，末了还会摸摸我的头——这一连串的肢体语言的意思就是，小二，为师要下山了，你要乖！而我就会很善解人意地用力拥抱师父一下，意思则是，师父，徒儿会听话的，放心吧！然后师父就会头也不回地离开了，只留下一阵风。

每当这个时候，一种难言的伤感就会不由自主地从我的心底涌出，并瞬间蔓延遍我的全身，这大概说明本意上我其实是很不舍得师父走的，不喜欢分离的场面。虽然他还会回来，但那时候，我已经隐隐地有一种预感，师父说不定哪一次走了就不再回来了。可后来的事实表明，我的预感非但没有应验，甚至还完全相反。也就是说，我白白地伤感了这么多年，这就像是一个正在痛心疾首地缅怀和悼念刚逝去的一段感情的人，突然得知其实自己压根儿就没失恋一样。

从那以后，我便决定不再相信预感这回事了，同时也连带不相信那些会相信预感的人。我知道，这样的做法多少有点偏激，可事实就是如此，我也没有办法。

一直以来，我都很想知道师父为什么每月都要下山，山下到底有什么，什么才会使得像师父这样的一个世外高人如此执着不懈，念念不忘并十几年如一日地去追寻。可是我并没有问，我固执地以为师父要是觉得我有必要知道的时候就会告诉我。我就是这样一个男孩，倔强而隐忍，像个二愣子一样。

后来我才发现，师父就是这样的一个师父，他比我更倔强也更隐忍，他更固执地认为要是我觉得有必要知道的时候就会去问他，但结果我们两个人都没有。

正如我前面所说的那样，师父在山上的时候，很少跟我做语言上的沟通，但其实这样的说法是有些片面的——师父要是看了的话也准会跟我急。至于全面一点的说法应该是这样的：师父这个人信奉无言主义，轻易不肯开口，而且一不小心就会被人当成是哑巴，但偶尔也会给我讲一些很长很长的故事。这样的故事时分每月最多发生一次，却是我每个月里最开心的时刻。此外，师父讲故事还有一个规定，那就是每个故事只允许我问一个问题，但只要问了就一定会回答。

师父就是这样的一个怪人，谜一般地让我摸不透，而更重要的是我那时也没想过要去摸透，因为那时候的我还没有接触过师父以外的其他人，所以便有些天真地以为山下的人都是这样的。

十几年来，师父讲过的故事何止百个，可谓是个个跌宕起伏并精彩有趣，却浅显易懂还从未重复。而最重要的就是，这些故事的生活性都非常强，感觉听完后让人受益匪浅。因此，我有一阵子拼命都想不明白为何师父这么能说，说得也这么好听，可平时还是那么喜欢沉默不语。

山上的事情都极其琐碎而且平淡，自然无法构成故事，所以师父讲的都是一些山下的故事，而山下的故事大都是有关江湖中人的江湖纷争。我那时虽小，但也能够明显察觉，师父所讲的故事基本上都是真实发生过，或者至少也是根据真人故事改编的。至于这个结论是如何得来的倒也不是问题。首先，师父的故事中用的都是第一人称；其次，师父讲故事的时候眼神很专注 —— 跟发呆时眼神的专注有很大区别，更重要的是里面还藏匿着感情。这跟平日的师父有着截然的不同，让我觉得很是亲切，甚至还有点迷恋这时候的他。

年复一年又月复一月，我从师父的口中得知了很多江湖的纷纷扰扰、是是非非以及恩恩怨怨。我还知道江湖中人把师父叫作"大虾（侠）""前辈""老怪""掌门"等等，诸如此类不尽相同。直到五岁那年，我终于忍不住问了师父一个现在想起其实有些无聊的问题。

"为什么山下的人都不像我一样叫你师父呢？"

"因为江湖上是有好人与坏人之分的，而好人与坏人里面又有真好人和假坏人之分。"

师父的话总是这样，一环扣一环，藏有太多的玄机。既然是玄机，那时的我就根本无法理解，所以以前我虽经常问问题，可每一次问了都非常后悔，然后发誓下次再也不问了，可小时候的誓言如同成年后的谎言一样是无法兑现的。直到后来我都无法理解的一点就是，为何师父总是把简单的问题说得复杂化，其实师父只要告诉我因为目前为止他只有我这么一个徒弟就好了。

归根结底，师父要么是一个喜欢故弄玄虚的人，要么其本身就是一个非常玄虚的人。

关于师父我还想说的一点就是，我从小便很敬仰师父，觉得师父就算不伟大也称得上是顶天立地俯仰无愧的汉子。当然我这样想的原因有很多，但最主要的还是因为师父他老人家的功夫真的非常厉害，比如说他可以一闪就不见人影，让你以为活见鬼了；也可以摘一片叶子就把一只正在夜间全速飞行的秃鹰打下来做烤肉吃——但说实在的吃过秃鹰的人都会对飞禽野味感到绝望，以后宁愿饿死也不会再碰了。当然师父还会有更厉害的，但师父的为人素来比较低调，也很少在我的面前摆谱——在别人面前就不太清楚了。此外师父也不会隐藏他很会武功的事实，这说明师父这个人还是比较胸怀坦荡、实实在在的。

然而，让我一直都无法想明白的就是，我叫师父也叫了这么多年了，可他从来不教我武功，也不提我的身世。直到后来我才知道，其实并不是师父不肯教我武功，不愿透露我的身世，而是我从来都没有主动让师父教我也没有亲口问过，而等到我明白这一点的时候我已经下山了。

2.

春来夏去，岁月如歌，我不可避免地长大了，同样不可避免的就是在师父的耳濡目染和言传身教之下，我慢慢地变得玉树临风了起来。然而，在我的眼中，师父的样子似乎从来就没有变过。

在我长大之前，我一直以为师父不教我武功的原因是怕我下山，怕我下山的原因是怕我卷入江湖的恩怨纠纷中，而怕我卷入恩怨纷扰中的原因是怕我活得太累太无奈太身不由己了；我还一直以为师父不知道我为了能够早日下山而拼命地在偷偷练功，不知道我现在的武功不但已经登堂入室更是炉火纯青甚至已经快登峰造极了，但是后来我发现原来我所有的以为都错了，这让我觉得很沮丧。此外我还学会的一点就是，一个人可以自负，也可以有很多的以为和不以为，却不能够轻易地在比自己还自负的那些人（比如说师父）身上表现出来，否则就容易沮丧，甚至郁闷。

又是一年中秋时，我用过晚饭，随后独自坐在屋外的石头上看秋月。山风习习，扑面而来，夹杂着山间的宁静和空灵。石头很冷，生着寒意，但我思绪万千，所以不以为然。山顶的月亮又亮又大，感觉似乎触手可及，却遥不可及。几颗零散的星星点缀在月旁，羞涩地闪烁着隐晦的光芒。

不久，师父发完呆也出来了。只见他无声地坐在我的身旁，良久不语。对于师父这一次没有下山，我并没有表现出太大的好奇，也没准备去问个究竟，因为我知道师父迟早会告诉我为什么的，而如果他不说的话我就算问也不过是白问。

"小二，你待会儿收拾一下，明儿一早下山吧！"

终于，师父说话了，语气平静得出奇，却让我既惊又喜，惊的是我虽然知道这一天迟早都会到来，可是没想到会这么快；喜的则是虽然我没想到会这么快，可这一天终于还是到来了！

"师父，下山干什么？"

"什么也不用干，什么都可以干。"

"徒儿不明白。"

"去寻找你人生的回忆和归宿。"

"噢。"

其实我是硬把"师父，徒儿还是不明白"这句话给咽了下去，因为每次当我确定已经不可能从师父那里得到我要的答案时，我都会这样回答，然后再提出另外一个问题。

"对了师父，你会跟徒儿一起下山吗？！"

"不了，你现在的武功就算不能抗敌也足以自保了。再说了，带上我一个老人家的你也不方便。"

"呵呵，原来师父早知道了。"我摸了摸头，有些不好意思，"也就是说，石板下面的《武功秘籍》和《习武心得》都是师父故意放的喽？！"

师父微笑不语，随即起身而立。只见他"铛"的一声拔出了手中的剑，映着月光入神地端详着，好像是当铺掌柜在给新到的货物估价一般。大概过了有半个时辰，估计师父也看累了，这才见他还剑入鞘，同时递到我手上说是送给我的。我很高兴且很惊讶地接过剑，然后抱了抱师父。

这是一把没有名字的剑，却不妨碍它成为一把真正的好剑——锋利美观而且手感极佳，拿在手上像长在手上一样，别在腰间又像是什么也没别一般，出鞘的时候还会伴有低低的细细的龙吟声——虽然活这么久了我还没见过真正的龙……可以说这是每一个剑客或是兵器收藏家所梦寐以求的宝物。而更重要的一点就是，自我分得出刀与剑的区别以来，这把剑就一直陪着师父，几乎没有离开过他的视线甚至是手距之外。

由此，我可以得出以下三个结论：

一、师父很喜欢这把剑，不然他也不会让它陪在身边这么久；

二、师父更喜欢我，不然他也不会送给我；

三、即使我不愿意，我也一定得下山。因为既然师父喜欢剑也喜欢我，可还是坚持要这么做，这就是说我有着非下山不可的理由了。

入夜，月色迷蒙如画，四下万籁俱寂，一股浓郁的茶香在整个草屋外流散，游走。静谧的夜空下，一老一少临窗而坐，地上是两个被山风拉长了的身影。

说实话，我从小就不喜欢喝茶，总觉得它会让人的心态变得平和而没有了锐气也失去了锋芒，所以如果要我选择的话我宁愿以酒代茶或以"不喝"代喝茶。然而师父却不同，他偏爱喝茶，结果我只能慢慢地习惯并假装爱上了，原因很简单而且只有一个：那就是我爱师父。至于我为什么会爱师父，原因就更简单了：因为我是我师父的徒弟，而且山里也没有其他人。

"徒儿，下山前为师再给你讲一个故事吧。"

"好的，谢谢师父！"

"故事发生在几十年以前，江湖还是那个江湖，表面好像风平浪静，其实处处暗藏澎湃汹涌。也不知道是从何时开始，江湖上突然冒出了一个极为神秘的帮派——十字幽灵派。让人颇为费解的是，这个门派在它刚成立的五年里几乎什么事也没做，只是在不断地造势，不断地宣传，不断地招兵买马扩大规模，而江湖的一些武林名宿、恶宿，或是江湖奇人、怪人，只要武功高，人品再差（比如说西域双煞钱氏兄弟，大理第一剑客任我杀等）也都通通给拉拢了进去。至于这其中的缘由当然是无人能知，但人们已经隐约感觉到一个极大的阴谋正在精心酝酿着，而一场空前的腥风血雨也即将被掀起……"

故事讲完时，已经夜至三更了，头顶的月亮开始东沉，却依然媚色不减。师父喝了口茶，然后从怀中掏出了一个玉佩，说让我带着，以后应该有用。我接过玉佩后看了看，然后把它别在腰间，但后来又觉得不好看，所以就解了下来，并随手塞进了包裹里。

第二天，我很早就起来了，没想到师父起得比我还早，压根儿就像是一夜没睡。正所谓一日为师终身为父，更何况是为了近二十年的师，所以分手时我很舍不得师父，足足抱了师父有半炷香的时间才肯放手，抱到后来甚至还哭了。

不过刚下到山脚泪水都还没干，我的心情已经好转了起来。这说明我是一个容易向前看的人，既然有些事情已经成了事实，就不会去徒然伤感。然而，我突然想到了一个问题，那就是我一直都顾着向前看，却忘了问师父我该什么时候回去。

3.

渔音是我下山以来认识的第一个人，也是我认识的第一个女人。我之前（考虑到我不是从石头里蹦出来的，所以严格说来是记事之后）就从来没有见过女人，所以分不出女人的美与丑，更辨不出她们的好与坏，但渔音却让我觉得非常亲切，有时还不乏幽默感。而我从小就认为，一个人只要有了幽默感的话，就会比较好相处了。

但不幸的是，我后来遇到的大多数人有饥饿感、权欲感、功利感、乏味感、无力感……唯独缺乏幽默感，这让我渐渐对人生开始感到失望，甚至还有点悲观了。

那天是这样的，天空晴朗无云，阳光异常明媚，我独自在路上走着，漫无目的。突然，从远处传来了一阵刀剑交接兵刃相撞的声音，而此时方圆几里外都已经是尘土飞扬暗无天日了，扑面而来的空气中还夹着丝丝的血腥味和阵阵的杀气。

走近一看，才发现不过是一群拦路劫财兼杀人的亡命之徒而已。场面虽然有些混乱，但我还是扳着指头数了数：一方面，一共有八个强盗，个个脸相凶残，形同恶煞，为首的更是一个满脸横肉、虎背熊腰、手持大刀的莽汉，但其身形倒是挺轻盈的。另一方面，从装束行李以及人员的构成来看，被劫者应该是一个正在搬迁途中的官贵之家。不算已经横着的四个，还有三个女的，只剩五个能打的，很明显人单势弱，但他们却依然顽强抵抗着，不屈不挠。

见此情景，拔刀相助的念头当即在我的脑中闪过。这里需要强调一点就是，我武功还算非常了得，对付这样的强盗自然没到拔刀拔剑的份儿上，但相助还是一定要的，因为在师父的故事里这样的情节已经是屡见不鲜了。更重要的是，我觉得这很有趣——后面我还会提到这点，而年轻的时候，生活的主题就是有趣，其他的倒是其次。

我慢条斯理地理了理衣襟，正准备出手。说时迟那时快，一个白色的身影突然出现，只见她在人群中穿来插去，几个回合还没下来，强盗已经通通倒地，手上的兵刃也都被震落得满场乱飞。好不容易回过神来，他们才意识到今日的工作算是无望了，结果除了狼狈而逃之外也别无选择。

几句寒暄之后，我认识了这个白色的身影。她满腔热情地做了十几分钟的自我介绍，但基本上没有什么条理可言，结果听完之后我只记得她叫渔音。考虑到大家都是年轻人，在一起还算谈得来，加上我俩都没想好要去什么地方，于是就顺理成章地结伴而行了，好歹路上也有个人说话解闷。

当天晚些时候，我们来到了一间名叫"路过"的客栈落脚。其间渔音告诉我，她是从一个叫作"梨花村"的地方偷跑出来的，为的是要探探江湖见见世面顺便看能不能混个女侠来当当什么的。

我在想，既然人家有意做女侠，那么一来武功不可能差，基本上称得上二流接近一流高手；二来她的心地也不可能太差，虽不能用义薄云天来形容，但也应该称得上是古道热肠吧。

但如你所知，那时的我才下山不久，虽说早已从师父那得知江湖险恶，但多少仍有一点初涉江湖不谙世道的样子，而最重要的是还没有学会不相信人——尤其是女人，所以就很相信她的话，并连带相信她那恬静中不乏顽皮的笑容和柔情中又不乏灵性的眼睛。

渔音比我大，我想到师父教过的出门在外对人都要以礼相待，于是就很亲切地叫她为渔音姐姐。不料她顿时脸色一变，不高兴了起来。我想了想，估计她也不喜欢被别人叫得这么老，于是就急忙改口叫"小渔妹妹"，但她还是不满意，依旧给我脸色看，这让我很费解。既然很费解，也就是怎么想都不明白，所以我后来干脆就直呼其名，没想到她反而满意了。

这大概说明女人总会有不满意的地方，要想让她们满意，只有一个办法：那就是别想着去让她们满意。

当晚，我们各自回房入睡，但我却毫无睡意，于是就坐在桌子上看书。房间内，油灯在空气中发出淡淡的夜香，如注的月光则从窗外不断地水泻进来，让我想起了以前跟师父在山上的日子。回忆是伤感的根源，虽然我不是一个容易伤感的人，但一旦伤感了起来，就不能轻易停止。

正如师父所说，江湖里面最重要的哲学就是你永远也不知道下一秒会发生什么事，下一分钟你是否还活着，而下一个时辰你深爱的人是否已经成为深恨你的人。言下之意就是，这样的一个夜晚注定就不能风平浪静地过去，所以我注定得去面对一些无法预料的江湖险恶。

夜死一般的宁静，没有风，空气中暗藏着一种让人窒息的味道。突然风起，影动，灯灭，紧接着无声无息地从窗口射进了几十枚暗器，并以桌子为中心由四处分散而来。暗器很小，形同芝麻，在夜色的掩盖下几乎没有了身形。此外，发器之人力道极足，出手之准之狠之快几乎是不留半点余地地欲置人于死地。以上所有的迹象都表明了一点，也只有高级职业杀手才会有如此专业和残酷的杀人手法。

接下来又是一片死静，稍即，一个黑衣蒙面人像猫一样地从窗外飞身飘入，落地时没有丝毫声响。只见此人慢慢地走到桌子边，引燃油灯，然后就着光线开始四处找寻。

这里需要说明的一点就是，该刺客之所以这么安之若素又镇定自如地走进来，是因为一旦那么多的暗器在那种环境下发出的话，结果都不会出现两个。此外，暗器上还涂有剧毒，就算擦破点皮也会毒发身亡。也就是说，只要还是人，那么换了是谁也难逃厄运。但问题的关键就是我不会笨到坐在那里当活靶等人瞄准了发了暗器再趁机躲闪。

其实当时的情形是这样的，风起的那一瞬间我已经察觉到了不对劲。就在这命悬一线的关键时刻，我冷静地用了九分之一秒的时间便完成了"拿剑""急闪""开门""出去""再关门""锁上"等一系列步骤。也就是说，当油灯被打灭的时候我已经在门外了，而等刺客进到房间内的时候我已经绕过屋顶来到了窗前。

刺客连衣柜带床底地找寻了几遍都没有发现半个鬼影，不由吓出了一身冷汗。而此时一个身影又悄然无息地出现在了窗外，可想而知刺客会是如何地震惊和无法理解。

然而刺客毕竟是经过专业训练的，反应快捷绝对是他们的吃饭本领。暗杀既然未遂，那么第一反应就是夺门而逃，但他做梦都没有想到房门已经被锁上了。所以马上又有了第二反应，那就是自杀。

作为一个江湖少侠，无端端被人暗杀当然是希望能够找出背后主使了，但想要让死人说话毕竟是有些难度的，因此我打算活捉他。

而且为了防止他自杀，我还特意在路过屋顶的时候拣了块碎石，正好把他正要准备自杀的剑击落在地，随即又随手摘了一片树叶凌空点了他的穴防止他咬舌自尽，可等我进到屋里的时候发现他还是死了。一检查才知道原来他是用独门窒息法活活把自己给憋死的。其实我还可以把隔壁的渔音叫过来帮他做人工呼吸把他救活，而且天性纯朴的渔音也非常乐意这么做，但此刻我已经被这位刺客一心寻死的莫大决心给深深打动了，所以决定还是成全他好了。

4.

在师父曾讲过的故事中，我知道这样的事情不会轻易了结。换句话来说，这只是一个暗杀的序幕，符合标准的暗杀程序，而且以后的程度还会逐步升级。

然而，在故事里，那些被暗杀的人最终都是难逃厄运——说实在的，我一点都不喜欢这样的结局，总感觉太一成不变了，也让人看不到乐趣和希望，所以我打算去改变一下。

第二天，我一大早就起来了。吃早点时我告诉渔音，昨晚有人暗杀我。她听后非常震惊，急忙问道，那暗杀成功了没有？我笑着对她说，拜托！暗杀不是暗恋，成功的话你还能看到我吗？！渔音这才恍然大悟，随即也一脸单纯地笑了。

"不好！"刚吃过几口馒头，我眉头一皱，顿时冷声说道，"馒头有毒！"

"真的吗？"渔音慌张地问道，"那怎么办？我这就去找掌柜的，让他给换几个好了。"

正当我气愤地准备骂"换你的头"时，我感觉胸口骤然发闷，然后眼前一黑就不省人事了。

醒来的时候，我发现自己躺在床上，渔音则安静地坐在身旁。夕阳已经开始西下，几缕余晖伴随着阵阵晚风从窗外淌入，刚好铺映在渔音的脸上，眉间以及随风扬起的长发处，让她整个人都沐浴在一种美丽而不真实的光芒下。

"你没事吧？毒已经让大夫解了。"渔音一脸关切地问道，随手递过一碗水，"喝口水吧！冲冲肠胃。"

我看了看碗里的水，其貌似干净无恙，却隐隐地冒着一些沉沉的水汽。而更让人觉得奇怪的是，那些水汽竟然没有直接上升而是主动向四处扩散。对此，一般的人很难发现，而且就算发现了也会不以为然，当然也就更不可能知道这里面的玄机了。

其实这就是在江湖上失传了几十年的天下第一奇毒——"七奇水"。此毒最初由西方传教士传入，后经历代武林人士研究改造，改到后来竟造得是没有解药了。"七奇水"的毒性倒不是很强，重在一个"奇"字，"奇"则在一个"七"字：凡中此毒者七日之内不能够用情，不能够熬夜（保证七个小时以上的睡眠），不能够伤风（保证七窍通畅），不能够流血、流泪、流虚汗，最后就是每天不能够喝少于七杯的水（用于解毒），以上七点一定得按时按质按量严格遵守，否则再厉害的武功都会自动废除。据说曾经有一个叱咤风云的掌门中了此毒，起初的几天他都能够严格遵循以上七点，丝毫不敢有所怠慢，可偏偏就在第六天的晚上他疏忽大意，一不小心被蚊子咬了，然后流血，结果毒发，武功即刻废除，从此只能退出江湖，此后他便对蚊子深恶痛绝，于是开始苦心研究，励精图治，并最终发明了最早期的蚊香和蚊帐，也算是成就了江湖历史上的一大善事。

鉴于该毒来得如此奇特，所以要不是师父亲口告诉我的话，我也不可能知道，而且就算知道了也压根儿不会相信。

"我不想喝水！"我摇头笑道，"我想喝茶，而且还得是正宗的碧螺春。记得，泡茶的水要煮开到 100 ℃ 噢。谢谢啦！"

"嗯，不要客气！"渔音眉头皱了皱，脸色亦发生了瞬间的变化但顷刻恢复正常，"那你等等吧，我这就给你沏茶去。"说完她便起身离去。

不料，刚出房门的渔音又转了回来，并一脸迷惑地问道："对了，什么叫作 100 ℃ 啊？"

当晚临睡前，我跟渔音开玩笑说道，你今晚能不能陪在我身边，因为有人想暗杀我，而我身体也还未完全复原，你也不希望明天一大早就看到一具尸体……

没想到我话还没说完，渔音便一口答应了："好吧，没问题！不过改天要是有人暗杀我，你也要陪在我身边噢。"

"好的，没问题！！"

在渔音的陪伴下，当晚一切无恙，我一觉安稳地睡到天亮。这里想要声明的一点就是，其实我早就知道今晚是肯定不会有刺客来的，原因主要有两个：

一、经过昨晚一战的打草惊蛇，我已经有了戒心，他们是不会笨到马上进行第二次暗杀行动的；

二、暗杀的人其实早就已经来了。

第二天，我跟渔音商量了一下，并一致认为这样没有目的的暴走也不是办法，再说人家暗杀起来也不方便。至于商量之后得出的结论就是向掌柜的打听了一下江湖上有什么好玩的地方。掌柜的是个陕西人，生性豪爽，见我们年纪轻轻又一男一女的，以为是两口子在度蜜月，也就极为热情地推荐了几个比较浪漫的地方，比如说情人谷牵手庙月老山什么的。经过一番与其说是讨论更不如说是争论之后，我们最终决定去最负盛名和传奇色彩及浪漫情怀的梁祝居看看。

5.

在去梁祝居的路上，还发生了多次匪夷所思的暗杀行动，比如说我骑的马被下了药，然后等到它跑得飞快的时候就毒性发作接着便开始四处狂奔乱跳跟疯了一样，幸好我轻功了得及时跳马才没有被摔断腰骨；又比如说我去上茅厕的时候发现茅厕里面的手纸原来都沾有剧毒，结果我只能用少林寺的镇寺绝学"狮子吼"把伙计吼来；而最让人觉得不可思议的是，有一天晚上我们去一个古镇逛花街，一个卖灯笼的小女孩硬说要卖个灯笼给我，正当我纠缠不过来打算掏钱的时候，旁边有一对情侣也凑过来说要买，可那个女孩说什么也不卖，出多少钱也不卖，然后她突然把十几个灯笼塞到我手上就跑开了，我感觉不对劲，赶忙扔掉，结果灯笼"嘣"的一声就自动引爆了，硬是在地上炸出了个二尺深的坑来。

这一天，天气有些阴霾，灰色的天空布满了四处游走的阴云，我们迎着风继续赶路，快到中午时竟来到了一个竹林里。林内清幽寂静，鸟声不断，却阴风阵阵，扑面吹来。密密麻麻的竹子中，一条曲折的小路通向看不到的远方。

大约过了半个时辰，我们才走出竹林，没想到这边的天空竟然是一片晴朗。走了这么久，我们都有些累了，于是便找了棵大树靠着休息，休息到后来竟睡着了。醒来时，我发现渔音还在熟睡，只见她侧身靠着我的肩膀，一脸安详的神态。我喝了口水，随即找了根细草把她逗醒，然后突然问道："你这样做，会让你更危险的，值得吗？"

"我没想过噢！其实你也不是那种无恶不作道貌岸然的坏人嘛，是他们骗我的！"渔音不假思索地答道。说完才发觉坐在自己面前的就是她原本想要暗杀的对象，于是她连忙把脸色一换："喂，你问这话什么意思啊？"

"你说呢？呵呵！别傻了，从初次扮演女侠救人到第一晚的暗杀试探武功，再到食物下毒然后又故意救人以消除我的戒心，紧接着到水里面的'七奇水'以致后面的各种暗杀等等都是你一手安排或直接操刀的，而刚刚走过的竹林里面暗藏的无数机关和陷阱起初也是用来暗杀我的对吧？我不知道你为何没有按计划行事，不过我可

以负责任地跟你说 —— 也幸好你没有这样做！"

"不会吧！你 —— 你的想象力好丰富啊！没凭没据的你再乱说我可要告你诽谤噢！！"

"那好，就从一开始的那次抢劫案说起吧。首先，被抢的人跟抢劫的人穿的是同一款式的靴子，而且他们头发的味道也是一样的，很明显用的是同一品牌的洗发水，所以可以初步断定他们其实就是一伙儿的；其次，躺在地上的尸体都是胸前的伤口，但据我所知一般刀剑打斗的时候手腿上的伤口会比较多，而且那些血色偏暗，在排除刀有毒的可能性后只剩下两种可能，要不用过夜的旧血，要不就是廉价的番茄酱；最后还有一点，你出现的那一刻，被围困在一旁的那几个女的根本就没有或惊或喜的表情，倒有点意料之中的感觉。综上所想，当时我就已经很确定一定以及肯定你们是在演戏了，虽然是精心设计的，但不可否认戏份还有着很大的提升空间。至于后来的那些把戏吧，你只要想想，既然从一开始我就知道你们在算计我，那接下来的有所怀疑和处处防备不就变得顺理成章了吗？"

"哦，原来是这样啊，看来下次得多彩排几次才行。"听完我的一番话，渔音若有所思地点头道，可马上又回过了神来，"唉 —— 这可是我所接的第一项暗杀任务啊，没想到却是最后一次行动。算了算了，要杀要剐你说吧！反正回去也没法交代。"

"你以为我不会杀你吗？"我笑道，"我知道你不会这么以为，不然你已经死了，你走吧！"

"我不走！"渔音想了想，脸色突然变得坚毅了起来，"我不能就这么走了，他们还会派更多更厉害的杀手来对付你的。"

"那你就更应该走了，我可没办法保护你。"

"谁要你保护了？！我这是要帮你一起对付他们呢！"

"真的啊，那好吧，你先去帮我整几只蒜香鸡腿回来，吃饱了好有力气拿剑……"

6.

远处的天边，一抹绚丽的夕阳开始慢慢西沉，如画的晚霞映红了半边的天空，整个江湖亦沉浸在一层如雾似梦般的金色中。随着几声清脆的鸣叫声，几只归巢的鸟儿在空中划过优美的弧线，并渐渐地消失在天边的尽头。金色的风，柔柔地扑面而来，吹在脸上仿佛是情人间无尽的缠绵。

"喂，都在一起这么久了，我还不知道你的名字呢？！"湖泊的岸边，我和渔音惬意地躺在空旷柔软的草坪上，她笑着问我，"是叫作'念'吧？我之前好像看到你的玉佩上刻着一个'念'字。"

"不会吧，既然偷看人家的隐私！"我笑着说道，"算了！你还是叫我'喂'好了，叫烦了可以叫我'小喂'。"

"哼！有什么了不起嘛！！"渔音瞪了我一眼，随后从怀里掏出一块晶莹透明的玉佩，"不就是玉佩吗？！看，我也有一块！"

我笑着接过玉佩，发现上面居然还刻着一句诗：花自飘零水自流。我问渔音说，这玉佩谁给你的，上面的诗又是什么意思。她摇头说不知，只知道玉佩从小就带在身上。

"对了，你有没有觉得这些日子每当我们遇到险情时总会有人暗中相助啊？"

"嗯，估计是个男的，而且还上了点年纪。"我点头，"不会是你亲戚吧？反正我初涉江湖既没朋友也没亲戚。"

"拜托！我也是初涉江湖好不好？还有，你怎么就知道人家是个男的？就不许是哪个暗恋你的姑娘或是大娘吗？！"

"呵呵，倒是有这个可能。但可能性不大。你仔细想想，一来此人的功夫太高，高到居然能够帮了我们这么多次都几乎不留下半点痕迹。按照我师父下山前对我现有武功的说法来推测的话，基本上就算从娘胎里开始练起也要练到一把年纪才能有这样的功力；二来此人既然不肯现身相见，主要还是不想让我们知道他是谁。换句话来说就是我们具备知道他是谁的条件，也就是说我们其中一个人应该认识他。"

"哦，可你说的这些好像跟他是不是男的没有关系吧？"

"……"

根据我们后来对当时那段岁月的回忆，在接下来的这半个月里，大概只能用险象环生、绝处逢生、死里逃生以及劫后余生这四个成语来形容了。为此，我和渔音提高了一万分的警惕来应对一切突发的始料不及的以及手段多样的暗杀行动。

而想要特别说明的一点就是，要想在如此密集的追杀中全身而退，只具备一身上乘的武功还是远远不够的，更重要的还得有乐观的心态、坚强的斗志以及相互协作的精神。可以说这一路风雨走来，我们无论从心理还是心智或是心思上都成长了不少，也学习并收获了很多。

这一夜，渔音得到消息说"十字幽灵派"已经派出了四大护派杀手准备破釜沉舟地进行最后一击。据说自立派以来还是第二次发生这样的情况，而且还放出了话说，这次要是再不成功的话，那今后就不在江湖上混了——对于这句话我的理解就是，其实他们暗杀了这么久，到现在也已经没剩几个核心杀手了，如果再失败的话就算有心想混也是余力不足。

事情都发展到了这个阶段，虽说是意料之中，但我们还是感觉到了前所未有的压力。因此，我决定跟渔音连夜商量对策，并在琢磨了大半夜后得出了三个方案，分别如下：

一、以不变应万变，按兵不动，坐地为营，反正也跑不过就干脆不跑，最危险的地方就是最安全的地方，再说我们还有高手相助，定能再次逢凶化吉的。

二、火速买两匹千里马，兵分两路，各朝相反的方向日夜兼程、披星戴月地逃跑。根据地球是圆的理论，跑着跑着就能会合了。要是会合不了也没关系，活命要紧嘛。

三、结合前面两个方案，一个逃走一个留下，至于谁留谁逃由渔音决定。

根据本人一贯的做法，我还是比较偏向于第二种方案的，因为这看起来比较刺激也比较有趣。可渔音不同意，她认为不能够把兵力分散了，在这种关键的时刻更需要团结一致来共同对外。结果我们各执己见争执不下，争到后来我们都累了，于是决定先睡一会儿再说。

就在这时，门突然响了，我迅速打灭油灯，整间房间瞬时陷入黑漆漆的一片中。见此情景，我的第一念头就是拉着渔音跳窗而去，但随即又产生了第二个念头——如果有人意欲暗杀，那肯定会考虑到我们会从窗户逃跑而在那设置埋伏的，所以我们又马上绕了回来，然后再有了第三念头，那就是索性一动不动地静观其变。

"徒儿！"一个熟悉而苍老的声音从门外传进，又好像从窗外传来，飘浮在空气中，回旋在两耳间。短短的两个字，低沉而不浑浊，声细却很清晰，一听就知道是练过内家功夫而且功夫非常了得的人发出来的。

7.

犹豫了半秒后，我飞身来到门前，打开门一看，却发现并无人影。重新关上门时，突然感觉到后背有一阵冷风袭来，我转身回顾，一个蒙面的黑衣人居然神不知鬼不觉地坐在了桌前。渔音则呆立在一旁，一动不动，显然是被点了穴。我不由大惊，那是一种内心接近绝望而彻底放弃反抗意识的震惊，因为对手的身形既然如此之快，几乎已经到了身随心动的境界了。不过我转念一想，他要是想杀我的话，我早已经死了！

"这么晚还来拜访，想必是有急事需要在下帮忙了！"我定了定神，冷然笑道。

"徒——儿！"只见此人话音刚落就突然倒了下去。

"师父！怎么是你！！你怎么了？！"我急忙冲上前去掀开黑衣人的面纱，发现竟然是久违了多月而心里一直在牵挂着的师父。

房间内，一盏油灯正无声地发出微弱的光芒，月光从窗外径直洒下，把师父的脸色映得如白纸一般苍白。

"徒儿，我已经把那些护派杀手摆平了，可也伤得很重，估计是熬不过今晚了。其实从一开始就是师父请十字幽灵派的人杀你的，但目的只有一个，那就是引他们出来从而一网打尽，所以我一直在暗中保护你，用了引蛇出洞、黄雀在后的办法。

"当年我跟你爸是好朋友，在武林上更是并称'南北双侠'，名声自然在外。那时十字幽灵派才刚成立不久，名气尚薄，他们为了搞宣传居然不择手段地暗杀我们两家。为师是拼了这条命才把女儿和你救了出来，可后来为了躲避追杀又不得不把女儿寄养在了一个农夫家里。临走时，我在她的身上留了一块玉佩，上面还刻着一句李清照的诗，那是我和她娘当年相恋时最爱的一句诗。转眼十多年过去了，如今师父算是报了仇，可却还没找回女儿。所以你要记——得！你一定要找到——她——并照顾——好她！！"

我用力地点了点头，然后紧紧地抱着师父，而眼前的世界也开始渐渐地模糊了起来……

8.

此刻，天黑得跟夜晚一样，暴雨还在不断地下，远处是一片雨雾迷蒙，天空更是黑云压城，如同世界末日一般。末日的下面，是一条蜿蜒向上的山路。路口处，有一块爬满青苔的石头，石头上刻着三个字——梁祝居。石头的旁边有一个亭子，此刻有两个人正坐在亭内的石凳上，男的似乎已经睡着，女孩则安安静静地看着天空。

许久，我终于醒来，渔音坐在我的身旁，笑靥如花。我拉起她的手，长笑不语，心里却默默念道：

"浮生若梦长，寂寞与谁共，年华欲逝叹难留，黄花碎，乱红追，谁言情长几分醉，何以不恋秋？"

天亮了就会很美

1.

我从未如此厌恶过这座城市。

2.

雨越来越大，铺天盖地，车越来越多，塞满大街小巷甚至是人们的心里。伴随着雨声、鸣笛声以及城市的呼吸声，一切都是那么嘈杂、混乱和躁动不安，仿佛世界末日即将来袭。

此刻，我正茫然地站在天桥上，看着天色渐晚，每一缕光线悄然散去；望着夜色渐浓，每一盏路灯蓦然亮起，却怎么也点燃不起一丝希望。刚刚发生的一幕，依旧历历在目，让我彷徨而失措，痛苦而绝望。

也不知道过了多久，手机猛然响起，而且一连响了五六次，我挣扎着回过神来，随后接了起来。

"你在哪儿？大暴雨的。"渔音急切地问道，"怎么拿货拿这么久？没事吧？"

"都没了，所有的货都没了！"我深深地叹了一口气，声音是如此疲惫，轻微，充满绝望，仿佛是来自另一个世界。

3.

雪已经下了足足半个月，天地间早已经分不清界限，白茫茫的一片，美到让人窒息。

这家客栈叫作清风徐来，掌柜的是个女人，肌肤如雪，身形曼妙，"眉将柳而争绿，面共桃而竞红"，一身素雅的白衣，配上一袭黑色的长发，垂肩如瀑，而且一直丝滑地"流"到胸前。乳房很丰满，但也不至于太夸张。

正所谓何彼浓矣，华若桃李，此刻的掌柜，也跟门外的雪一样美得让人窒息。

这么多年了，我早已忘记她的名字，但我却始终记得，掌柜的喜欢穿白色的衣服，白色的裙摆，时而迎风飞舞，仿佛是一朵正在怒放的百合。

雪还在不停地下，根本没有停下来的意思，眼看着大雪就要封城，史上最寒冷的冬天将要临至。然而，比这个更让人担忧的是，几百年屹立不倒的长安城，即将要被敌军攻陷。

天灾人祸，纷至沓来，整座城市如今笼罩在一片巨大的恐惧当中，不管是达官贵族，还是普通百姓，都在四处逃窜，大多数的商铺和客栈在一周前就关门了。

一杯沁香的青梅酒，抚喉，下胃，润脾，暖心……酒不醉人人自醉。

一个温柔的眼神，停驻了时间，宁静了乱世，更惊艳了这样一段末日般的时光。

"你还不走？"酒过三杯，心生暖意，我望着窗外漫天飞舞的雪花，蓦然问道。

"你知道为什么。"

"如今这乱世，还是早点离开吧。"

"我也想，但我没办法一个人走。"

4.

其实，有关长安城的故事，我已经写了十几个版本了，从长安城写到洛阳路，从江湖恩怨写到官民纠纷，从不变的爱写到坚持的梦……可总是不太满意。

故事中的白掌柜，好像在哪里见过，又好像素昧平生；既来自过去，又来自未来；既像是我的一生挚爱，也仿佛是一段露水情缘。

总之，她就像是月亮绕不开地球一样，早已在不经意间成为我生命中绕不开的存在。

认识我的人都知道，这么多年了，我都有一个作家梦。我梦想着，能够用世间最华丽的笔，蘸上最深情的墨，去定格世间的爱恨情仇，抚平人心的伤痕累累，去重新点亮无数人对生活的热情……所谓"一念醒，众生皆佛；一念迷，佛即众生"。

为了这个梦，我已经耕耘了快 10 年。一路走来，千山万水，熬过无数的夜，迎接过无数的朝阳，投稿过成千上万个杂志媒体。最疯狂的时候，还在网上买过那种邮件群发软件，平均一天投稿 1000 家报纸杂志，但几年下来，也只是陆陆续续地在一些日薄西山的平媒，发表过几篇不痛不痒的小文章而已，名不见经传。

与此同时，就像是歌手参加选秀一样，我还参加过无数大大小小的征文比赛，但结果总不如意，最好的名次也就是三等奖，可由于赛事影响力太小，同时奖金微薄，并没有带我走上作家之路。

同样地，如你所料，这篇长安城的故事，也是用来参加一个大型征文比赛的。眼下，离截稿时间还有一个多礼拜了——我有一种强烈的预感，这个故事一旦写完，一定能够拿奖，助我圆梦。

5.

对了，忘了告诉你，我毕业于南方的一所名校，毕业后跟绝大多数的大学生一样，老老实实去上班，安安分分坐格子，每天累死累活地挤地铁，经常加班熬夜 996，每个月只能赚个 3000 多元，好不容易捞个季度奖还不够迟到扣的。

回首已毕业多年，我先是去广告公司，后是进入化妆品企业，前前后后换了 6 份工作，做得最长的一份两年多，最短的不到一天便愤然离去，只因为老板一大早让我们像传销一样喊口号。

正是这样的一种生活，让我感觉到非常疲倦，身心憔悴。我似乎一直找不到那个属于我的位置。而更让我害怕的是，随着年岁的增长，我终将不可避免地掉入这世俗的人生，无助地妥协了。

然而，有一天晚上，我做了一个梦，梦到我变成了一只鸟儿，飞到蓝色的天空，穿过浩瀚的大海，来到了一片鲜花怒放的田野，自由而欢快。

我是一个迷信的人，梦醒后的当天，我连牙都没刷，拖着一对拖鞋，并顶着一张精神抖擞的脸，直接就去了公司提交了离职。

不久后，我联系了一个大学同学。他现在正在做皮具生意，毕业后也没几年，就开起了豪车，住起了别墅，羡煞了旁人——当然，这都不是我的目标，我只想能够自由地工作，养得起自己，然后有更多的时间写作而已。

对于我的决定，渔音非常支持，这让我有了很强的动力。并且很快地，在经过半年不到的摸索，我就把生意做了起来。

我卖的是那种真假难辨的仿包，一般以香奈儿和 LV 为主，也有些爱马仕、Gucci 等，大的包成本 200 到 400 元，卖的话在 800 到 1200 之间。除去运费，大概一个能赚 600 左右。另外，小点的钱包或手拿包，利润大概在 400 左右。

也就是说，只要我每个月能卖出 10 个包，就远远超过我的工资。最高的时候，我一个月能赚 2 万多元——这对于当时的我来说，简直是天文数字。当然，最让我欣慰的是，我有足够的自由度，继续去写我的故事，追我的梦。

6.

长安城的这场浩劫，可以说是空前绝后、惨烈无比的。然而，围在城外的大敌，其实并不是入侵的外邦，而是造反的宁王。

作为一个征战了多年的老兵，我的梦想是成为一名将军，成就一番霸业，收获无上荣誉，继而青史留名。毫无疑问，这场战役可以说是我这辈子最大的转机。

当然，更大的可能是，我会如同草芥一般默默无闻地死在战场上，"醉卧沙场君莫笑，古来征战几人回"。

白掌柜说："你不怕死吗？"

"怕。但我更怕在碌碌无为中死去。"

"大江东去，浪淘尽，千古风流人物……况且人生苦短，你就不渴望拥有一个幸福的家庭，一个知心的爱人，一群欢快的孩子吗？"

"我渴望，但这些都得在我实现了梦想之后才能渴望。因为只有这样，我才有能力保护我的爱人和家人。"

"你不怕那个人最终等不了吗？"

7.

"一起4年多了，接下来有什么计划吗？"平安夜寒，大雪封城，我跟渔音看完电影，迎着凛冽的寒风，相互取暖着走在回家的路上，她突然问道。

我不吭声，继续低着头赶路，脸色如此刻的天气一样冷漠。

"再过一个礼拜，我就28岁了。"

"嗯，我知道了。没看到我在努力吗？"

"其实，我不在乎你有没有赚到钱。"

"我在乎！"

小渔没再说话，但原本挽着的手变得越来越机械，并最终松了开来。

当晚，我一夜未眠。

8.

那阵时间，因为生意越来越好，业务越来越大，我认识了一个姓李的老板。他是个潮汕人，其貌不扬，学历不高，但有着很好的经营头脑，而且很早就来到了这座城市打拼，一直以来就是做仿包的生意，另外自己还有两家正规的工厂，专门帮国际品牌做代工。

不得不说，李老板跟大多数"咸鱼翻身"的老板一样，补偿心理，非常好色，而且还有着旺盛的性欲。

李老板经常跟朋友玩一个游戏，看似有趣，其实变态，却彰显了一个人的贪欲和骨子里对女性的不尊重。游戏的规则简单粗暴，比如说在路上看到哪个漂亮的女孩子，然后跟一帮朋友打赌，一个礼拜或半个月能不能搞定，赌注一般都是10万元起步。

基本上，这个老板大多时候都会赢，而且赢的方法非常粗暴简单，就是用钱砸而已，送手机、送包包、送旅游、送钻戒，总之送到你上床为止。

9.

雪还在拼命地下，不知疲倦地，夜以继日地，已经下了足足有两个月了，人们似乎早已经忘了不再飘雪的日子，开始尽可能地积

极乐观地活着 —— 要知道，人总是有适应一切恶劣环境的天赋。

战火继续在燃烧和蔓延，城外不断有刺客和士兵突围进来，进到城里后，他们会烧杀抢掠，杀人放火，而且还是专门针对手无寸铁的老百姓。

这一天，我像往常一样，满面风尘地来到了清风徐来客栈，推开门后却没有看到白掌柜。只见满地的狼藉，到处都有洗劫一空的感觉，压抑的空气中，更是弥漫着一股淡淡的血腥味。

内心一凉，我旋即拔剑出鞘，高声疾呼白掌柜，却没有任何回应，死一般的寂静。我赶紧冲进客栈的各个角落，做地毯式的搜索，终于在二楼最里面的房间，找到了白掌柜。

只见她正倒在血泊中，奄奄一息，脸色苍白，右胸口插着一把匕首，并且已经没入了一半，所幸没有伤到要害之处。我赶紧把她抱上床，然后小心翼翼地帮她处理伤口。

一直到第二天下午，她才从昏睡中慢慢醒了过来，然后告诉我，客栈昨天闯进了两个恶人，劫财之余，还对她起了色心，她宁死不从，直接把刀插向了自己。两个恶人硬是被吓到了，唯有作罢，悻然离去。

10.

终于，在仿包生意开展了一年多后，我赚了有差不多30万元 —— 这对之前的我来说，完全是一笔天文数字。

我觉得我已经准备好了，准备好了跟小渔结婚，也准备好了

"愿得一人心，白首不分离"，往后余生，都跟渔音在一起。

我开始偷偷地找好了求婚场地，悄悄地买好了钻戒，暗地里看好了房子，打算给渔音一个大大的惊喜。

然而，人算不如天算，就在我生意最红火的时候，国家一纸号令下来，开始全面整治仿包，淘宝积极响应政策，宁可错杀一千，也不放过一个，将平台所有的店铺都查封了，其中包括我生意最好的两个店铺。

无奈之下，我被迫转型，开始代理一些正品的包包。一夜之间，利润从以前的一个包600左右，到现在的10元左右。

结果，我只能扩展业务线，并且根据货源的关系，开始卖一些牙膏、尿布，还有护肤品等，可生意却始终好不起来，而且我还碰到了不少恶意差评的顾客，他们专门以淘宝为生，敲诈勒索——如果要改好评的话就要给钱，金额从200元到1000元不等。

我的生意开始每况愈下，入不敷出，订婚仪式只能暂时搁浅。与此同时，我那追寻了多年的写作梦，似乎变得更加遥不可及。

11.

梦想到底是什么？

记得，那段时间，我经常会问自己。

梦想到底是每次想到就让你觉得幸福的坚持？

还是那些在寒风中瑟瑟发抖的叶子？

是我们用热血和青春撒下的地方？

还是我们一次次用来自欺欺人的海市蜃楼？

是北岛口中多年过后杯子碰撞在一起破碎的声音？

还是一道能够穿透无数的暗夜和迷雾的晨光？

或是一份哪怕"满地都是六便士，却始终能抬头看到月亮"的信仰？

……

我不知道，我觉得很累，我看不到光。

12.

不知不觉，来这座城市已经有 8 年多了。前前后后，我一共换过 6 份工作，或主动或被动，也曾换过不少的出租房 —— 每次搬家都让我痛苦万分，而且感觉是越搬越差。

所幸的是，这么多年来，唯一不变的就是文字和身边的这个女人。如你所知，这个女人就是渔音，她一直不离不弃地给我力量和支持。

她比我还相信我，相信我可以跟随自己的感觉，实现自己的梦想，活出自己的灿烂，无悔这短暂却又无比珍贵的一生。

13.

战况异常地惨烈，已经持续了整整两个多月，每天都有成百上千的人消失，有些人是逃离，有些人是死去，还有些人先逃离后死去，更有些人是通过死去才完成最终的逃离。

每天打完仗之后，我都会来清风徐来客栈，找白掌柜喝杯酒，聊聊天，待的时候不算长，却能享受一天中最平静的时光，卸下一整天的疲惫和风尘。

其实，我也不知道，她哪天就会不见了，或是决定离开，或是被人洗劫一空，所以每次过去，进客栈门前，我都要先停下来，深呼吸几次，安慰一下自己，以接受她可能离开的命运。

然而每次去，她都在那里，也总会给我准备一壶陈年的梅子酒，两斤上好的鲁西黄肉。酒的温度刚刚好，不烫也不寒，不浓也不烈，就像情人的怀抱。

白掌柜后来说，每次我离开，她都会担心，那将会是我们的最后一次见面。而为我准备的，也可能是最后一壶酒。

14.

还记得下雨的那天晚上，我在"凤凰皮具城"拿货的时候，工商局的人员如同鬼魅般出现。跟很多人一样，我猝不及防，被没收了全部的货，价值一共 5 万多元。

当晚，回到家的时候，已经快 10 点了。渔音在得知了前因后果后，并没有任何的责怪，反而安慰了我一番。

第二天，我意外地收到了一笔 5 万元的巨款，而且打款的人居然是李老板。我急忙给他电话，问他这是怎么一回事。

他说，听说你昨天拿的货被没收了，损失惨重。其实我们也有责任，没有及时收到风声，第一时间提醒你。

"这怎么能怪你们呢？你们的店铺不也给没收了不少货吗？我给你把钱打回去吧。"

"不用了，你之后多来拿货就可以了。对了，你明晚有时间吗？要不过来我这里坐一下，跟你商量一个事。"

15.

"如果给你 50 万元，你能让你女友过来跟我们喝几杯吗？"这是一个高档的娱乐场所，来宾非富即贵。酒到三巡，李老板偷偷跟我说。

"为什么？"我下意识地觉得不对劲，立马酒醒三分。

"实不相瞒，我跟人打赌，说要搞定你女友。但没想到，不管花多少钱，她都死活不愿意。眼看着，就要到截止时间了……"

16.

这是一个鱼龙混杂的城中村，虽然脏乱糟、蚊虫多、楼挨楼、治安差，但也住着无数努力用双手和汗水去活出自己的灵魂。

在这个只有几个平方米的房间里，我正躺在一张一米二的床上，透过窗外，看着偌大的夜空。今晚的月亮特别圆，夜色也特别美，让人想到了多年未归的家乡，也想到了"野旷天低树，江清月近人"。

有关长安城的故事，我终于还是写完了，故事中的战火也终于停歇了。此刻的渔音，正睡在身旁，安静而祥和，像是一个婴儿，也像是一个天使。

　　我一会儿看看天空，一会儿看看渔音，内心由喧嚣杂乱慢慢地变得平静而坚定。我突然想起，在电影《喜剧之王》里，有这样一个场景：

　　尹天仇和柳飘飘并肩坐在沙滩上看海。夜已经很深了，四周漆黑一片。柳飘飘叹了口气说："好黑啊，什么都看不到……"

　　尹天仇停顿了一下说："也不是啊，天亮了就会很美啊！"

2038

1.

地铁的玻璃门上，隐约地照出一个中年男子的身影，只见他西装革履，搭配着一条蓝色条纹的领带，右手提着一个无比沉闷的黑色高档公文包，左手则拿了一个白色苹果手机，正低着头，面无表情地看着。

男子的后面，是清一色的上班族，密密麻麻地排着看不到尾的队，同样低着头，看着手机，冷漠而疲惫，像是一条条脱水很久，并且已经放弃了挣扎的鱼。

一声巨响后，地铁门开了。

这已经是第四趟地铁了，终于轮到我了。

也不知道是应该开心还是不开心——要知道，我等过最多的是7趟，顶着疲惫的身躯，花了一个多小时才挤上车。

说到这，可能有的朋友会说，你傻啊，不会自己开车。

确实，开车要舒服很多，但如今的交通状况，能在太阳下山前开到就算幸运了。

门打开的一刹那，我像是一只飘摇在巨浪中的小船，瞬间被后面的人流冲上了车厢。位置自然是没有的，站的位置都快没有了，恨不得每个人都变成单脚动物。所幸，我抢到了一个角落，背靠着车厢的另一扇门，正对着的，不是一个五大三粗的猛男，而是一个年轻女子，脸色憔悴，点缀着巨大的黑眼圈，像是一夜未眠。

伴随着地铁启动的惯性，女子被迫靠了过来。在她离我最近的时候，我几乎要吻到她的额头了。

说实话，每次坐地铁，我都奢望能遇到一个性感高挑的女子，能够一亲芳泽。但如你所知，地铁里遇见美女的概率跟中彩票差不多。要知道，像美女这种生物，总是能找到各种理由跟地铁、公交等拥挤的交通工具绝缘的。

2.

地铁刚开不久，便例行地播报起新闻来了：

深圳某知名 IT 公司高管跳楼，初步判定是抑郁症；

2038 年的拐点到来，中国即将成为世界第一大经济体，人均年收入已经超过了 30 万元——然而，3 万元收入不到的穷人却是越来越多；

人工智能再次突破瓶颈进入新纪元，仿生人正式投入商用，光棍剩女们的福音来了；

广州车牌拍卖价已经炒到了 21 万元，但每次下大雨，马路上都可以撑船，下水道形同虚设；

中国离婚率再创新高，直逼 60.8%，首次赶超美国，婚姻制

度再度被质疑 —— 新闻报道到这儿的时候，才算真正引起了我的注意。

我苦笑了一声，暗自说道："我也要做贡献了。"

昨夜，雨疏风骤，天寒地冻，冬夜如同老奶奶的故事一样漫长而无趣。结婚 15 年的老婆，突然跟我说："我们离婚吧。"

语气是那么冷静，决然，透着阵阵寒气。

3.

还记得，30 年前的那个被风吹过的夏天，我跟某个心爱的女孩相约去郊外游玩。那时我还没有车，所以搭乘的是地铁。

不知为什么，我们坐的那趟地铁是如此空旷，她像是一首情歌般依偎在我的身旁。如西湖杨柳般的长发，时而飞舞在我的脸上，带来阵阵的清香，则轻易飘进了我的心房。我们惬意地聊着天，从上司的臭毛病到明星的小八卦，从音乐书籍到邻居家的狗再到未来的理想……时间一分一秒地过去，站台一个又一个地过去，我希望这趟列车，永远开下去，没有终点。

后来，如愿以偿地，女孩成了女友。

再后来，顺理成章地，女友成了老婆。

可如今，一声不响地，我们却走到了这一步。

看来，罐头是会过期的，人也是会变的。当然，这里的"变"指的是我。因为我出轨了。

4.

老婆问我："你为什么要出轨？"

我面无表情地答道："这个问题，不是很明显吗？"

但其实，我自己都没搞明白。到底是因为中年危机，虚无感，还是想抓住青春的尾巴？新鲜性爱的刺激……或许都有可能，或许也都不是。

我唯一可以确定的是，这些年来，我活得非常累，不但有身体的疲惫，更有着心理的憔悴。

我日复一日地上班下班，每周奔走在同一趟地铁上，离最初的梦想渐行渐远，每年仅有的几天假期过后，一旦回到繁忙的工作，我会加倍地感到窒息。

我想逃。

如果逃不到天涯，逃不开这江湖，那就暂时逃到其他女人的怀里吧。

5.

出乎意料的是，对于离婚，老婆居然会如此冷静。

这份冷静让我觉得可怕，心颤，甚至让我怀疑，她是不是外面有其他男人了。但我知道不是的。

其实，对于她的决定，我早有所料，甚至还有些期盼。

毕业这么多年，为了迎合别人的期待，为了房子、车子、孩子……生活早已失去了本该有的诗意，婚姻也早已被磨灭了激情，而我也似乎早已丢失了自己。

6.

地铁的新闻还在报道，说著名的人工智能公司"苏格拉底"的CEO被公安局带走了。因为有确凿证据表明，该公司在过去的几十年一直在非法研究人工智能，甚至已经偷偷在社会中投放了数万个仿生人。

这些仿生人具备自动学习的功能，能够不断地成长，却没有灵魂，只是在社会中扮演一个角色而已。

也许，我就是其中之一。

这些年来，我印象中，自己好像没生过病，没肾亏过，没糖尿病，没得过痔疮，也没有高血压、低血压……

是的，我一定是个仿生人。

我日复一日地上班下班，跟朋友聚会，跟家人相伴，与情人做爱，如同机械般地活着，从来没问过自己这样活着的意义。

7.

说到意义，我突然记起很多年前读过的一本书——英国作家乔治·奥威尔的《1984》，书中刻画了一个令人感到窒息的恐怖世界，人性被全然扼杀，人权也被彻底剥夺，始作俑者则是一个叫作"老大哥"的人，他试图控制每个人的思想和行为。

如你所知，这是一本有意思的书——前提是你是老大哥，而不是被控制的人。试问，2038 年的老大哥又是谁呢？

值得一提的是，我已经很多年没读过书了，在这个时代，书不再是精神食粮，而是摇身一变，成了一种装饰品，其作用跟家里的花和画一样。

工作之余，人们更愿意去寻找直观的体验，快餐式的刺激，比如泡吧、游戏、不用动脑的电影……或许是因为，我们都已经很累了，累到连停下来看书的力气都没有了。

8.

地铁依旧在风驰电掣着，经过一个又一个站，其间有人匆匆下车，有些人因为身体单薄，来不及挤下去，反而就被上车的人流冲了回来。绝望而愤怒的声音，此起彼伏地充塞在各个车厢里。单薄的空气中，始终弥漫着一种剑拔弩张的气氛。

我在一旁看着他们，时而幸灾乐祸，时而陷入沉思。

这是我这辈子以来坐过的最长的一次地铁，仿佛是我生命的列车，尽头就是终点。

9.

终于，地铁还是抵不过时间，来到了那个熟悉却又千篇一律的站点。

只见，密密麻麻的人群中，中年男子鱼贯而出，并随着汹涌的人流，毫不费力地来到了高耸林立的写字楼。

突然，他停下了脚步，从楼群的间隙中，他抬起了头，看到了一片久违的如大海般清澈的天空。与此同时，一份潮水般的感动从内心深处升起。

"或许，我迷失得已经足够久了。"中年男子暗自想道。

他笑了笑，随后轻盈地转身，大步流星地往地铁的方向走去，往回去的方向走去。他一边走一边把领带解掉，衣服脱掉，皮鞋扔掉，并随手扔进了入口的垃圾桶。

此刻，在地铁的入口通道，站着一个蒙着面的女子，正抱着一把吉他在唱歌，声音很美，也很有力量，轻易便穿透了男人的心房，抵达了路面的写字楼，并直奔云霄而去：

> 我是该活出真我还是保持缄默，
>
> 我是该忍受灵魂的煎熬还是放任心灵的破碎，
>
> 我是该越过边界还是悬崖勒马，
>
> 我是该坚持战斗还是缴械投降，
>
> 我是皎洁的月亮还是黯淡的月影，
>
> 我是烧过的灰烬还是燃炽的火焰，
>
> 我是岌岌飘零的叶子迎风直上还是跌落深渊，
>
> 我到底是谁？

四

我想

和你虚度寒冬

若似月轮终皎洁，不辞冰雪为卿热。

我的节日爸爸

1.

"这些年，我总在反反复复做这样一个梦。"

这是她第一次来咨询，翻过多年的光阴，坐了很远的地铁，从城市的另一头风尘仆仆地赶来。

看起来，这是一个典型的上海女人，发型讲究，装扮精致，小瓜子脸，端庄秀气，虽说已经年近 40 岁了，但看起来还是挺年轻的。

然而，这样的一种年轻只是徒有其表，缺乏应有的热情和活力，整体给人的感觉，仿佛脸上写满了三个字：素、寡、淡。

2.

"梦里永远是阴天，雾气弥漫，想下雨却又始终憋着没下。我迷失在雾气中，孤独一人，方向尽失，只能硬着头皮，彷徨赶路，走了很久，很久，太久了……可好像总是会不经意地回到原点。就这样兜兜转转，来来回回，筋疲力尽，如同鬼魅，我还是离不开这个地方。我很着急，也很害怕，却无济于事。

"突然，一种前所未有的无助感、迷惘感和绝望感，仿佛陨石撞

189

击地球一样，瞬间击中了我，猝不及防，如临鬼门——我感觉，我这辈子都会停留在这里，都在原地打转，徘徊呐喊，无间炼狱，痛苦一生。"

3.

"他是我的初恋。故事要从 15 年前说起。那时我才 25 岁，青春正好，刚从大学毕业，因为朋友的介绍，认识了他。

"不得不承认，当时有一见钟情的感觉。他长得帅，身高也有 1 米 8，英俊潇洒，骨子里还有一种玩世不恭又放荡不羁的感觉，很让人迷恋。

"他是一个典型的富二代，老爸是开工厂的，比较有钱，从小被过度宠爱，加上家里面重男轻女——上面还有个姐姐，所以他的需求都会尽量被满足，可另一方面，很多事情并没有给他说话的权利，都是父母一手操办。

"他父母的婚姻不错，几十年如一日，一直恩爱到现在，姐姐也嫁了个好男人，生了个乖宝贝……整个家族的婚姻都比较和谐，唯一有个叔叔是特例。

"叔叔是那种教科书式的渣男，30 来岁抛弃妻子，也没有离婚，就一直在外面晃悠着，不贴补家里，也不常回家，如同鬼魅，鲜有音讯。

"每次我们说到他叔的时候，他都露出一副鄙夷的表情，并声称自己以后决不会成为那样的男人——如今想起，真是让人觉得讽刺啊。"

话音刚落,她忍不住潸然泪下:"不好意思,说到这儿,内心突然很痛很痛,痛到想晕过去。"

4.

"记得,刚恋爱的时候,我妈是强烈反对我跟他在一起的。她说这个人就是一个典型的好逸恶劳的富二代,根本不可靠,完全不靠谱。我问她为什么,她也说不上具体原因,就是感觉这个人特别不适合做老公,不能托付终身。

"就这样,前后一直拖了 3 年,好说歹说,软磨硬泡,我妈就是死活不同意。

"然而,我并没有放手,而是继续跟男友在一起。而且妈妈的不同意,反而成了我们相爱的动力 —— 现在想起,这应该就是你们心理咨询师口中常说的'罗密欧与朱丽叶效应'吧,越阻挠,越要对抗,也越执迷不悟。"说到这儿,她苦笑了一声,并喝了口水,继续说道,"在 2009 年的时候,情况终于出现了转机,我爸劝我妈说女儿都长大了,让她自己选吧,说男人结了婚做了爸都会变好的。我妈最终拗不过我爸,这才点头答应。记得结婚的那一天,我特别感激我爸,抱着我爸哭得是稀里哗啦,天昏地暗。

"但万万没想到,多年后的今天,我却有些讨厌甚至憎恨我爸当年的决定 —— 他怎么就不知道拦住我!"

5.

"结婚的第二个礼拜，我们度过了短暂的浪漫时光，一起去了京都、大阪度蜜月，回来后不久也有了爱的结晶。然而，好景不长，2010 年的冬天成为我此生噩梦的开启。

"一开始，我老公只是偶尔周末不回家，说是在外面喝酒，跟朋友谈业务。但奇怪的是，给他打电话不接，晚上也没有音讯，一直到第二天才回，说昨晚喝多了没看到。

"后来则是三五天不回家，然后随便编一个理由，我一开始很气愤，可他一回来就会立马变成三好老公，又做饭又带娃又甜言蜜语什么的，我很快就心软了。

"半年后，老公变本加厉，突然有一个多礼拜没有回家，也没说什么原因，电话不接，短信不回，只说在外面有事 —— 直到后来，我才知道，他那阵子是跟另一个女人去了台湾旅游。

"对了，那个女人并不是什么好菜，只不过是个夜总会的舞女而已，从小就出来混，样貌身材都不错，也很会哄男人开心。所以老公很享受跟她在一起的时光，用那个女人的话来说 —— 可以让我老公有一种当家做主的感觉。"

6.

"闺蜜说，如果我是你的话，早跟你那个常年失联的老公离十几次婚了。

"我妈说，当初真不应该让你们在一起，死也要把你们分开。

"那个女人说，你还是放手吧。他更适合我，跟我在一起他更开心，你现在图不到钱也图不到人，继续这样有意义吗？"

……

"然而，我一直固执地坚守着这段婚姻，把所谓的尊严扔在一边，对所谓的屈辱视而不见，告诉自己，是为了孩子，为了家，为了不被妈妈看扁，为了不输给这样一个三陪女郎……咳咳咳，不好意思。我喉咙有些不太舒服。奇怪的是，每次一说到那个女人，感觉内心也不会那么气愤，可喉咙就是忍不住抗议——严重的时候，比如说发现老公跟那个女人出去旅游了，甚至还会出现发炎和声音沙哑的情况。

"另外，说到身体的问题，我还有很多其他的小毛病，去医院看了很多年找了各种中医西医都没看好。其中有一个，也不知道该不该跟你说……

"其实，每次房事后，我都会有严重的炎症，疼得死去活来。可去看医生又说没什么问题。而且，一般人的经期都是一个礼拜左右，我的往往会持续半个月，似乎在抗议着什么。"

7.1

"对了，孩子现在也有很多的问题，特别喜欢吃各种甜食，吃饱了还管不住嘴，兜子里书包里永远有零食，好像吃的是情绪。现在才念小学，已经有100多斤了，自己都说有些自卑，感觉自己没有力量。

"记得，去年春节，我们在家里准备年夜饭，孩子在一边玩，突然就跟我说，我的爸爸是不是叫作节日爸爸？怎么他只是在节假日的时候才出现呀？

"那一刻，我突然觉得，自己这么多年坚持维系的所谓完整的婚姻，不过是一个虚假的自欺欺人的泡影而已。

"也正是那一刻，我下定了决心，一定要找个老师帮忙结束这场噩梦，结束这个痛苦的轮回。"

7.2

"对了，老师。我很久没做那个雾气弥漫的梦了。不过奇怪的是，前天又梦到了，我站在浓浓的雾气中，拼命找路，找了很久，终于透过雾气的一缕阳光，找到了方向。若隐若现中，我还看到了远处的一个房子，于是我走了过去。"两个月后，她再次回到了咨询室。

"房子有点像是小时候的家，进去之后有个院子。进去的那一刻，雾气散去了。我突然发现有些孤独，害怕，但同时又有些欣喜。

"对了，我现在的炎症好了很多，可能正如你所说，其实我的身体非常排斥跟他发生性关系，可在意识层面，我又不断地说服自己同意，继而忽视了身体的声音，所以它才会不断地通过生病来提醒我，唤醒我，让我觉醒！"

7.3

"前几天，他凌晨两点回来，想跟我发生关系，我没同意。他一直想用蛮力，逼我就范，后来我实在没办法，便使出全身力气，一脚把他踢下了床。

"然后，我就再没有睡意了，而他却很快就睡着啦。看着他那睡着的表情，我内心生出了一份难以抑制的厌恶，于是我爬了起来，来到了客厅，给自己倒了杯红酒，然后去阳台吹风。

"回想过去十来年，就是这样来来回回：他回来，我开心，很快就原谅了他。他走了，我很愤怒，告诉自己一定要分手。一直以来，我的内心就有两个声音，左右诉说，不断摇摆。

"我还记得那晚的夜空很美丽，星月同辉，映照着上海的华彩和黑暗。酒喝到一半时，我突然不再害怕，内心也越来越平静，头脑越来越清醒。我感觉，夜空下的某个角落，一定有一朵花儿正在为我而开放。与此同时，内心的两个声音，也慢慢融合成了一个声音，一段全新的美妙的旋律。"

7.4

"上个礼拜三，我坐地铁上班，突然在茫茫人海中，看到了一个小姑娘，她的 T 恤后背上写着：You can end the story！

"看到这句话的一刹那，我内心一阵触动，忍不住泪流满面，随后更是旁若无人地哭到了下车。

"其实那天是我的生日，我早早就买了两张谭咏麟的演唱会门票，原本想着，等他回来或是他给我送生日祝福时，给他一个惊喜——他一直就很喜欢谭咏麟。

"然而，他却始终没有出现，也没有任何的音讯。最终，我决定一个人去看演唱会。

"忘了那天是怎么熬过去的，下班后，我完全不顾老板的眼神，一个箭步冲出了写字楼，可没想到走得太急，直到一个小时后来到了演唱会现场，我才愕然发现，门票落在了公司。

"在考虑了无比漫长的十几秒后，我决定今天一定进去，而且一定要听完整场演唱会。于是，我便在体育馆门前花高价买了张黄牛票——这还是我这一辈子头一次跟黄牛打交道，内心交织着不安和惊喜。演唱会其间，看着灯光唤醒了黑夜，旋律也仿佛点亮了全城，我突然下定决心，给他发了条信息：

"我们离婚吧。"

7.5

"我当然知道，他肯定不愿意离婚，因为离婚对他没有任何好处。现在他也不需要支付孩子的任何费用。

"所以，如果我想要离婚，唯一的办法就是去法院起诉。但起诉的后果很可能是，房子留不下来了。因为我们的房子是学区房，而且周围的学校也是上海市最好的，所以这会直接影响到孩子的学业——而这也是我最担心的。

"无奈之下，我找到了他爸，也就是孩子的爷爷。他爸很支持我的决定，说一定要好好管教儿子。顺着这个势头，我像你建议的那样，以退为进，坚持要离婚。

"最终，我们达成了共识，先不离婚，多给他一次机会，他则负责停掉我老公的所有经济来源，直到他彻底回家并且签好协议，并把房子过户给我为止。"

7.6

"刚回来的前几天，他表现得非常好，又搞卫生，又煮饭带娃，还跟我爸妈唠嗑。可是好景不长，不到两个礼拜，如你所料，他便再次开启夜不归宿模式。

"一开始是隔天回来，后来是三五天。最长的是一个多礼拜，也就是端午节的时候，他出去了，一开始说是找朋友，后来又拍了个澳门赌场的照片说在赌博，再后来就杳无音讯了。

"我知道，他一定去了那个女人那里。

"这让我曾压了多年的怒火再次被点燃。受不了了！我彻底爆发了！"

7.7

"过完端午节没多久，我咨询了一个律师。回来的路上，我就给他发了条信息，说我今天见律师了，本周内起诉。

"我还跟他说，你有那个女人，而且还有私生子，此外我这里还有一些微信聊天记录、电话录音以及照片视频，法院肯定会很快判离，最多半年，快的话几个月。如果等法院判离的话，你不但要付抚养费，而且以后不要指望孩子认你这个爸。

"当天，他没有回复。

"第二天深夜，他才回我，却是以一种质问的口吻，说我就这么想跟其他男人好了吗？就这么迫不及待吗？

"他的话像是把刀一样刺痛着我的心。

"就是这样一个男人，出轨多年，不但没有任何的悔改之心，反而不断地往我身上泼脏水。"

7.8

"你说得对，他只是想在那个女人那做所谓的自己，满足自己的情欲和性欲。另一方面，又舍不得我，舍不得这个家。正如你所分析的那样，我是他这辈子以来，做过的最有价值感的事。因为他曾经打败过这么多的追求者——也包括我们的父母，最终追到了我，跟我在一起。

"所以他肯定不会放弃，哪怕他不愿意珍惜。如此自私的一个人，像极了他叔叔。对此，因为害怕和恐惧，我一直都不敢迈出那一步，总是找着各种各样的理由。

"真正想明白这点后，我便一个人去了日本，来到我们曾经度假的地方。其间，我下定了决心，是时候结束这一切了，像那天在地铁上看到的那句话一样：

"You can end the story."

8.

"终于，在 6 月 6 日，经过一夜未眠后，我第二天一大早就去了法院。很快法院就立案了，一个礼拜后，法院给他发了短信，通知他去法院。

"结果如你所料，他并没有去。当天凌晨 2 点，我收到了他的微信：明早去离婚，你可别后悔！

"第二天上午，我从民政局走了出来，阳光分外刺眼，好像很多年没照耀过一样，迫不及待地要把全部的热量洒下大地。明媚的感觉，让我突然想起了梁静茹的《宁夏》和孙燕姿的《超快感》。

"站在川流不息的街角，我眯着眼睛，对着光线，适应了很久，很久，仿佛过了一个多世纪，才真正地回过神来，随后感觉到：

"太阳下的感觉真好，内心平静的感觉真好，敢于触碰和享受生命的感觉真好……"

冬雪

　　我叫壮壮，出生于广州的酷夏之日，却一不小心，死在了彻骨的寒冬之夜。

　　在我有限的生命中，曾遇到过无数的人，善也罢，恶也好；也曾遇见过无数的事，对也好，错也罢……往事已矣，如烟如雾，如梦幻泡影，都不重要了，我只想告诉你一个甚至连爱情都说不上的广州爱情故事。

1. 冬起

　　柴门闻犬吠，风雪夜归人。

　　小雪是个四川姑娘，人如其名，雪肌明眸，静女其姝，典型的森林系女孩，无公害青年，尘世间的一枚清纯善良的邻家小妹。

　　22 岁那年，她按部就班地毕业于广州的一所大学，而后因为异地的关系按部就班地跟男友分手了，随后又按部就班把自己扔到了社会的浪潮中。

　　对任何一个奋斗在异乡大都市的女孩来说，毕业后的第一个冬天，总是显得特别冷。而且如你所知，跟北方不一样的是，南方的冬天冷起来是那么刺骨入髓——特别是对从小就特别怕冷的小雪来说，一个人待在出租屋里，往往要裹上好几件衣服毛毯外加个暖水袋，才能抵御漫长的寒夜。

正是在这样的一个寒冬，因为小雪一个闺蜜的关系，我机缘巧合地来到了她的身边，来到了她那青春正好却又略显孤独的生命中，来到了阳光下一朵正在怒放的向日葵面前。

小雪对我非常好，每天下班回来，总是会第一时间抱我，跟我聊天，帮我挠痒，给我弄好吃的，带我出去玩。

我以为，我们的日子会一直这样平静而快乐下去。可没想到，命途如此多舛，一个男人如梦魇般闯进了我们的世界，并彻底地改变了我们的人生。

2. 冬至

季月寒气重，滋兰错无芳。

男人长得高高帅帅的，玉树临风，也挺会哄女孩的，总是能说出恰如其分的话，撩动任何一个女人渴望爱情和幸福的心弦。

此外，30岁不到的他，已经出来创业了，自己搞了个小公司，有模有样的，一如电影《前任3》里韩庚所扮演的孟云。

很快地，在"孟云"的穷追猛打之下，小雪几乎是毫无招架之力地投降了。不过说实话，我一点都不喜欢这个男人，他给了我一种浮躁油腻而不踏实的感觉。但如你所知，恋爱中的女人，脑子总是缺根筋，完全没道理可讲。

男人的爱如阳光般温暖，温暖了这座城市的寒夜，也温暖了小雪生命中的寒冬。但后来却表明，正是这样一个看似温暖的男人，给小雪带来了真正意义的寒冬。

　　2009年的秋末，在经过大半年的甜蜜时光过后，男友一个惊雷告诉小雪，自己其实是有女友的，只不过在异地，已经没什么感情了。而且他已经多次跟对方提出分手，但对方死活不同意，可能还需要些时间。

　　闻此消息，小雪非常震惊，可那时候的他们已经情到浓时，如胶似漆，而且男友还是主动告知，非常诚恳，也就只能无奈地接受了。

　　可万万没想到，就这样迷迷糊糊地过了几年。突然有一天，刚满26岁的小雪，发现自己意外怀孕了。可是男友非但没有表现出开心的样子，反而是死活不愿意结婚，总是借故拖延。

　　在不断的逼问下，她终于发现了一个惊天的秘密——男友早就结婚了，之前所说的提出分手，是提出离婚而已，但原配妻子并不同意。

　　就这样，一夜之间，小雪那童话般诗意的爱情梦破灭了，想不到自己居然成了当年最痛恨的小三。

　　而且更过分的是，这么多年了，虽然她男朋友是一个老板，可是盈利一直以来都不太好，加上还有其他家庭要养，所以很多时候，都是她在给男友钱，相当于为了所谓的爱情倒贴吧。

　　悲痛之余，小雪决定打胎，并跟男朋友彻底分手，从此一别两宽，各自安好。

然而，男友死活不同意，好说歹说不断哄她，甚至还几次跪下来求她原谅，说会很快处理好然后跟她结婚，让她做世界上最幸福的新娘。

那一夜，我心疼地看着小雪，依偎在她的脚下，尽可能地给她温暖。小雪则一夜未睡，呆呆地坐在阳台上，月色清凉，映照着满天的星光，也点缀着一个女孩浇灌了整夜的泪光。

3. 冬寒

淡天如水雾如尘，残雪和霜冻瓦鳞。

时间如水，很快 7 个月过后，2016 年的平安夜，我突然染上了一场急病，口干舌燥，茶饭不思，并且昏昏欲睡，四肢乏力。小雪因为怀有 8 个月的身孕，行动不便，而且随时待产，所以一直拖着，没能及时送我去医院。

非常不幸的是，我终究还是没能撑过那个寒冷的雨夜，无奈地离开了这个世界。次日清晨，小雪把我埋在了小区的一棵树下，并站在树边哭得泣不成声。

看着她这么伤心，我不忍丢下她一人离开。我用尽全身力气，大声疾呼，离开那个男人吧！离开他！

但她始终听不到。

结果如我所料，直到小雪快生孩子了，男友都没有离成婚。更过分的是，在生孩子的那天，男友说他正在跟一个重要的客户开会，一时半会儿赶不过来。无奈之下，她只好打电话给同事帮忙。

这一夜，一度成为她这辈子最大的噩梦——如果说，我的死让她那颗单纯善良的心破碎了一半的话，那孩子的出生，则让她的心慢慢地破碎了另一半。

一直到孩子一岁多，男友都没有兑现承诺，甚至没有在实际意义上跟她在一起，只是一个礼拜回来个一两天，对孩子更是很少过问。

更让她无语的是，当男友的妻子发现他在外面有小三并找到小雪的时候，她这才发现，男友此前还结过一次婚，并且有一个女儿。

直到这时，小雪才幡然醒悟，决定彻底放弃这个错爱了多年的男人。

4. 冬尽

岸容待腊将舒柳，山意冲寒欲放梅。

2017 年的冬天，小雪辞职了，头也不回地离开了广州，离开这个待了快十年的城市。

临走的时候，男友一分钱都没有给小雪，因为他认为是小雪抛弃了他。而伤痕累累的她，也没有太多的怨言，因为她终于收获了身心的自由。

回到成都的那天，天空下着大雪，这是一份久别重逢的雪，白衣素裹，仿佛要埋葬所有的伤痛和泪水，期待她的蜕变和重生。

然而，痛苦并没有那么快结束，本应该给她最大支持的妈妈，非但没有给她安慰和力量，反而拼命去指责她，动不动就骂她活该，说她不应该做别人的第三者，还把孩子生下来，现在搞成这样，都是自找的。

每次，妈妈这样说的时候，小雪都很崩溃，内心翻江倒海，有时候甚至想从阳台一跃而出，彻底地告别这个世界，但她知道不行，因为还有孩子。

其实，妈妈一直以来就是这样，喜欢去否定和埋怨别人。从小到大，小雪都没有得到过肯定，虽然外貌不错，家境不差，学业也行，却越来越自卑，觉得自己始终不够好，也不懂怎么爱自己。

爸爸则是常年在外，几乎是一年回来一次，偶尔回来一次，脾气也不是很好，并没有给小雪什么如山的父爱。

所以，缺爱多年的小雪，对爱情特别渴望，对感情尤其忠贞，也因此特别害怕分离——这也是她这么多年，陷入这样一段马拉松式虐待的根源。哪怕一路过来，发现了对方的渣，发现对方越来越多的不对劲，甚至非常过分的地方，也很难去真正摆脱。

5. 冬雾

衡茅林麓下，春气已微茫。

2018 年的年底，小雪意外地收到了前男友前妻的电话，而且让人觉得讽刺的是，对方居然是过来做说客的，想要劝小雪回去，还说了前男友很多的优点和反思。

没过多久，小雪又接到了孩子奶奶的电话。她希望小雪重新考虑一下，多给她儿子一次机会。

与此同时，小雪还接到了前男友的几次电话，希望看在孩子的分儿上，最后原谅他一次吧。

……

对此，小雪通通不为所动，而且在闺蜜的强烈建议下，她忍着巨大的痛苦，把他给拉黑了，后来干脆短信电话也屏蔽了，只剩下邮件这样一种联系方式，偶尔给他发发孩子的小视频。

然而，在内心的最深处，小雪也知道，自己并没有真正地放下。有时候在梦里，她还是会梦到跟他在一起的日子。

她也不知道，内心的这份恨，或者爱，要多久才能真正地散去。

6. 冬暖

正使尽情寒至骨，不妨桃李用年华。

回到成都的大半年里，小雪陆续见了几个老同学和老朋友，慢慢地打开自己的社交圈尤其是异性圈。

与此同时，家里的亲戚也给她安排了几个不错的男人相亲。

然而，不知道为什么，小雪总是有些排斥，内心似乎还在期望着什么，或者说害怕什么，心里住进了一个人，轻易挡住了人山人海。

就这样，一直徘徊到 2019 年 6 月的一天晚上，四川突然发生地震。

记得那晚，住在七楼的小雪从睡梦中惊醒，根本没办法逃走。

整栋大楼摇了整整一分多钟，但对她来说，却好像过了一辈子那么长——无数个片段在大脑中闪过，无数的人在脑海中浮沉，过去那不堪的十年爱恨情仇，曾经那么不顾一切的飞蛾扑火……善恶也好，对错也罢，往事已矣，如烟如雾，如梦幻泡影，都不重要了。

当晚，我来到了小雪的梦中。

梦中阳光灿烂，鲜花怒放。江南草长，群莺乱飞。

小雪站在明媚的阳光下，如向日葵般微笑着跟我说，谢谢你这么多年的守护，谢谢你曾给过我的温暖和勇气，谢谢。

我告诉她，我最深爱的主人，我从来没有怪过你，我只希望你早日走出来，过往不恋，将来不惧，再次相信爱情。你是如此美丽而善良，你值得一个丰盛而美好的世界。

7. 冬阳

呆呆冬日光，明暖真可爱。

尘世繁杂，人生如梦，

愿我下辈子化犬为人，

稳稳地守护小雪的终身幸福。

等爱归来

刚上大学不到 2 个月时写的一个颇为纯情到矫情的故事，关于青涩的爱，关于露水般的情缘，关于宿命般的邂逅，也关于最美好的期盼和错过……

【前奏】

风轻轻地吹落了最后一片叶子，萧萧簌簌，繁华的秋色渐渐褪尽在无边的落木中。山外，落黄无数，飞红万点，"谁念西风独自凉，萧萧黄叶闭疏窗"。

静静地，一个人躺在校园的后山上，我没有睡着，饱满而疲惫的双眼却一直不愿睁开。丝丝的孤独伴随着阵阵的凉意仿佛跋涉了几百年的沉浮从看不到的远方袭来，刺骨的是那寂寞的影子，我却如同一座风化多年的雕塑般再也分不清冷与暖、笑或泪、痛还是不痛。

电话挂上的那一刻，我仿佛听到自己的心跳声，和断线的电话声一样清晰可触，而可触的还有那一道道如丝藤般瞬即蔓延开来的伤口。

也许，多情的还有那一轮爬上山坡的弦月。秋风徐徐，迷蒙的月色漫漫地倾洒在树影斑驳的山间，也淌进了我急需慰藉的心底。山脚月光下，"藏雨湖"湖面碎光粼粼，远看恍如一片起伏于风中的玉色薄纱。

我想，莫非那微微荡漾的湖水就是这幽幽秋月的泪水？

回忆在夜空中不断地旋转，年前月后，跨过了不同世界的人的缘分，曲尽人散，牵在身上的是难以去除的伤痕。当天，动了情，放不开；今时，冻结了的情，断了线的风筝；明日，什么也不顾，挥挥手，全交给明天去感受好了。

关上过去那扇窗，我临风而立，漫天的夜色弥漫到了整个明亮的校园。褪去了煎熬，我终究找回了自己……因为我相信新的爱情童话正在开始悄悄地酝酿着。

1.

其实能够认识小花并不是偶然，真正偶然的是我们从"只是认识"变为朋友继而好友乃至准恋人或陌生人的过渡。

那是在大一新生刚军训完后不久，依旧惯例，做师兄师姐的都要象征性或非象征性地搞一次同乡会或是同校会之类的，意在拉帮结派，交流乡情。当然此类聚会学校是明令禁止的，虽说是明令禁止也只是停留在"明令"上，并没有采取什么相关行动。因此禁令年年虽有，同乡会还是岁岁照开。

挥泪送走了可爱的大二师兄师姐后，晋升一级的我们只能成为举办同乡会的主要倡导人和投资者，而要是分得更细的话，师姐一般负责倡导，师兄如我则被要求投资。所以，当我那个老乡告诉我要去同乡会时，闪现在我脑海中第一个画面就是聚会之后的一个礼拜我都为缓和收支平衡而以白饭度日，可随之又想到没准能认识几个漂亮的师妹，也就装作很为难地咬着牙答应说去就去吧。

好不容易聚集了大部分的老乡后，我们在紧贴着学校的一家名叫"东北一家人"的餐馆正式聚会。之所以选择这么一个地方作为聚会地点的原因其实有二：一是该地虽然挨着校门口，可已经不属于学校的势力管辖范围了，也就没有与学校的规定做正面冲突之说啦；其二则是因为此餐厅一直以来都是抱着服务学生的胃肠为宗旨，所供食物极符合各类学生的口味，加之物美价廉，面校背山风景优美，实为聚会独吃的首选餐馆。

饭菜还未上，大家就围着一张空空的大桌子互相寒暄了起来。随后干脆天南地北地侃了开来，从当年学校的那个老女教师最近喜结新欢聊到现在谁谁谁的教授如何有趣到授课如翻书，再从母校后面的连锁超市经营亏损破产后被学校收入麾下以建新食堂到现在我们这个堪称全国最美丽校园之一的校园如不找个男或女友携手散步实为莫大遗憾……

就这样，大家说说笑笑吃吃喝喝很快就时候不早了，最后有人提议说不如我们在座的每个人都自我介绍一下吧，该提议虽俗套可仍得到了响应。于是，介绍从我们这些当师兄的开始了，由于我本人是不喜欢如此客套的做法（其实是害羞），所以介绍非常简单，不过是说说所属院系，联系手机和 qq 之类的。

就这样，介绍一个又一个地接力下去，突然我听到一个师妹说自己是微电子专业的，我不由一愣，是微电子的呀——说起此专业，便让我想起当时我在高三报考时候的那一段峥嵘岁月，所以我这才会听者有意。

抬头细细地打量这个理工学院的师妹的那一刻，我就觉得其实今天晚上我并没有白来：干净清爽的一身蓝色外套，苗条身形依稀可见，而旁边的一个稍胖一点的老乡更是让她看起来匀称可致。一头黑色的中长细发披肩不乱，让人想起春日中飘动着的细柳。而最容易拨人心弦的是她微笑时的双眸，似乎藏着一个月亮。我忍不住怦然心动，随之起身示好⋯⋯

2.

成串的雨滴不断地拍打着窗户答答作响，掩盖住了北风的呼啸声。这是入冬以来的第一场雨，却选在这么一个冬寒料峭的晚上来临。

"破角落的吉他"是我的网上昵称，而"蓝之泪"则是我最近认识的一个网友。由于学业繁重加上深知网络利弊，我一直以来都是不交网友的，"蓝之泪"却是一个例外。她那诚挚而清丽的谈笑和适时而自然的风生征服了我，于是我们很快就熟稔得像是认识了几十年的老友一般。

可是，我们之间似乎有着一个约定，那就是双方都不会去探询对方的真正身份。

　　这一天晚自习回来时，她刚好在线，于是我们一如往常随意地聊了开来，气氛依旧如春日般融洽。我告诉她我们这里下雨了，冷冷的有着冬季的味道。她笑着回答，我们这里也在下雨呀，而且也是那种会冷到人心里的冬雨。漫聊了不久，突然我就想到了前天晚上的那次同乡会，也就对当时具体的情形甚至包括谈话的一些内容聊了起来。开始她还会时不时插上一两句话，可到了后来，"蓝之泪"就慢慢变得一声不吭了，似乎在等待着什么重大事情的出现。

　　我没有过多地留意，因为我想也许是因为我的故事引她入胜了吧。很快地，我就把我的同乡会经历讲完了。可是过了好久，"蓝之泪"依旧没有回音，记忆中这是她第一次那样沉默而不理不睬。不明就里，我索性问道：

　　"怎么啦？睡着了吗？"

　　……

　　又过了好久，"蓝之泪"终于再次登陆了，开口就质问道："你是念 XX 大学的吗？"

　　"好奇怪呀，你怎么知道的？是我睡着的时候不小心告诉过你吗？"

　　"也许吧，可你还告诉过我一个叫作沈二同学的故事！"

　　此问一出，我吃惊不小。

　　"不会——吧！难道和我一直在网上聊天的'蓝之泪'就是……"

　　"猜对了！我就是你的师妹——夏竹花，也是你的网友'蓝之泪'！"

那一刻，我完全愣住了。望着苍白的电脑屏幕，我如同雕塑般一动不动地坐在椅子上，许久未回过神来……因缘际会，原来世上还有如此巧合的事。

3.

有人说，太阳光能够照到的地方就会是有故事的地方，而有月光照到的地方都会是有爱情的地方。

然而，我却想知道，有星光照到的地方会是怎么样的地方呢？

我是在周末的前一天知道这个周末会有流星雨的，听说还是特别难逢的狮子座。要知道，狮子座的流星雨一般都是群星璀璨，美不胜收，特别适合那些"相信流星面前许愿一定能实现"的小情侣们。

一念至此，当晚我就问小花生活中有多少愿望还没有实现，她告诉我说还有很多呀可我为何无缘无故地问这个呢？其实她也知道我不会是问得那么没有理由。我笑着继续说道：

"明天晚上，具体来说是后天早上，会有狮子座的流星雨，你愿意去把那些愿望都许上顺便捎带上一个护花使者去拍照吗？"

第二天的晚上，我们一起聚在了校园的一块空旷的草坪上。之所以没有去教室楼顶的原因一是楼顶上会有不少的校园小情侣，我们还不是小情侣，具体来说我们还不是情侣；再就是那儿的风晚上一定会很大，很容易着凉，而更重要的是，我想点一些蜡烛围成一圈来让师妹开心的计划会在"万事俱备，只因冬风"中而宣告破产的。

等待的过程是短暂的，我们坐在草坪上一边吃着乱七八糟的东西一边海阔星空的聊着。我发现我今晚话特别多，这种无拘无束的感觉也只有在小时候跟外公在一起时才能够找到，重温在若干年之后的今天，我像是一个迷路太久后终于回到家的小孩。

突然间，越过小花的双肩，我看到她背后的天空上划过一道明亮的光的弧线。"快看，是流星，第一颗流星！"整个安静的校园顿时沸腾了起来，惊喜的喊叫声此起彼伏。天上的流星越来越多，也越来越美，数不清的流星滑过秋夜开始正式下"雨"。漫漫的星空下，我们只许下一个愿望。星光闪闪，晚风扑面，我轻轻地拉起小花的手，冰凉冰凉的让我想起了"藏雨湖"里的水："小花，你看那浩渺的天空，点点星光，也不知成就了这世间多少恋人？"

听完我的话，小花无语，只是静静地看着我，许久，许久。

4.

风轻轻地吹落了最后一片叶子，秋黄的落叶在空中划过优美的弧线跌入镜湖，激起了一圈浅浅的涟漪和几段不尽的遐思。

冷冷的冬天，踏过无声的寂寞终究到来，而我那孤寂了多年的心，终于不再飘雪……

【后记】

如你所料，"小花"来源于现实，故事则来源于生活，所以笔落之际，现实依旧在书写，生活也依旧在不紧不慢地继续……

　　也许，这只是一段擦肩而过的短暂恋曲，又或许这会是一个能够延续下去的童话。然而，不管最后如何，该做的其实很简单：直折时季花，厚惜眼前人。

非典型第三者

小玉是我的大学同学，也是我暗恋多年的院花。

记得很多年前，某个夜凉如水的晚上，风声呼呼，树叶簌簌，我们走在大学的校道上，小玉冷冷地像极了预言家般地跟我说，她的婚姻早晚会走到那一步，人生也一定会走到那一刻……

然而，当它真的来临后，她没想到会如此痛，痛不欲生，如坠深渊。除此之外，或许还有一份绝望的释然吧。

1.

2008 年，小玉芳龄20，风华正茂，这辈子第一次有自杀的念头。

原因简单粗暴，被男友分手了而已，但她却觉得痛不欲生——而且这还不是形容词，她当真有一种"不欲生"的冲动。因为她觉得，这一辈子都不会有人爱了。

但其实，身为院花的小玉，不但长相甜美，亭亭玉立，而且年纪轻轻，青春正好，往后余生还长着呢。

总而言之，大学三年下来，她一共谈过三次恋爱：

第一个男友是位兵哥哥，大一军训时的教官，军训时对她照顾有加，军训结束后把她的芳心也带走了，随即开启了异地恋，然而，相处不到半年后，他们便分道扬镳。

第二个是通过漂流瓶认识的，后来发现，男友早就有老婆了，甚至还有一女，随即分手。

第三个，也就是刚刚分手的那个，同样是通过漂流瓶认识的。男友是一个医生，比她大 12 岁。交往一年后，她愕然发现，对方其实是离异人士，而且一直都有女友。

然后，她一气之下，连夜坐高铁去杭州，想着跟对方女友对质，结果被男友痛骂一顿，随后宣布分手。

回来的路上，她越想越气，越气越想，直至彻底崩溃，哭着喊着闹着说要自杀。

2.

其实，对于小玉恋情的一次次破产，毫无疑问我非常心疼，觉得她总是遇人不淑，情路坎坷。但另一方面，我又觉得庆幸，因为如你所知，我一直就暗恋着她。但由于我其貌不扬，口才平庸，学业一般，老爸也没钱，根本就不是她的菜，只能退而求其次，变成她所谓的男闺蜜。

我发现，在小玉过往的恋情里，有两个共同点：

（1）男友都比大她很多，平均大 7 岁；

（2）对方几乎都在劈腿，她所扮演的一直也是第三者的角色。那么，这到底是一种人生的巧合，还是一种无意识的必然呢？我不知道。

她也觉得纳闷。

记得有一次，我安慰她，这不过是巧合而已了，你第一个男友没有劈腿吧？好像也没听你说过。

她苦笑一声，说其实也有的。第一个男朋友，很喜欢打游戏，在游戏里面有很多的老婆。这不就是另外一种形式的女朋友吗？

我表示愕然。

也就是说，在冥冥之中，或被动或主动，小玉总会在悄然间变成一个被人唾弃的"第三者"。

3.

在我的陪伴下，小玉自杀的念头最终还是打消了。夏天的一个周末，我们相约一起去了三亚散心，来到了她最爱的海边。

在亚龙湾，她弄了好几个瓶子，我问她用来干吗。她说晚点你就知道了。

当晚，她在每个瓶子里都放了一个纸条，然后带我一起，把它们通通扔到大海里。我问她："为什么这样做。"

她说："好玩呀。"

"里面写着什么呀？"

"什么都没写。"小玉看着海边，长发随风飞舞，直到所有的瓶子消失在浪花中。我当时以为她只是不想告诉我，但后来我知道，她确实什么都没写，她只想希望别人写给自己。

4.

从三亚回来之后，我也爱上了玩漂流瓶——当然这里指的是网络漂流瓶。原因很简单，小玉的前几任都是通过漂流瓶认识的。

我一直不知道为什么，漂流瓶居然有这么大的魔力，能够开启她的心扉。哪怕身边的人再好，再风度翩翩，再有趣有钱……她也是视而不见，置若罔闻。

直到几年后，我们才发现背后的心理原因，是安全感的极度缺失。

盖因从小到大，小玉身边的亲密关系就很不稳定。她妈妈后来又改嫁过一次，所以对身边的亲密关系始终缺乏信任，藏着一份莫名的恐惧。

除此之外，小玉的老家在河南，可是大家都说，她父亲当年离家而去，是跟第三者去了内蒙古。也就是说，从小到大，她内心一直渴望的"爱人"（父亲）就在千里之外——这就是她为何总爱通过漂流瓶，去认识远方恋人的原因。

知道这一点后，我特别难过，因为这意味着，我永远只能守在小玉的身边，做她最温暖最熟悉的朋友，却不能成为远方那个给她温度的恋人。

5.

2015年，小玉结婚了，老公是做金融的，有颜有钱。婚礼上，她笑靥如花，幸福绽放。后来，她又顺理成章地有了孩子，生活一如既往地按部就班着。

我也一样，有了妻子和孩子，每天挤一个多小时的地铁上班，有了房贷和车贷，在人群中麻木而坚忍地活着，也慢慢地活成了一个乏味的中年油腻男。

因为大家都忙，所以已经很少有时间聚会了，偶尔在网上点点赞而已。

就这样，一直到 2016 年的七夕节，她跟我说最近心情很差，有时间可以出来聚聚。

次日晚，我们约到了珠江边，这么多年不见，她少了几分青涩，多了几分妩媚：长发朱唇，柳眉雪肌，搭配着一身红色的连衣裙，若隐若现的大长腿，走起路来依旧是带着风。

酒过三巡，她黯然泪下，说她老公对她很不好，对孩子也不管不问，金玉其外，败絮其中，赚不了多少钱，人生越活越疲倦，越走越无望。

"你一直就暗恋我，是吗？"夜风习习，月色漫漫，音乐随风响起，也带来了一丝丝暧昧而魅惑的气息。

6.

这么多年了，我依旧记得，那晚小玉还告诉我，在她读中学时，爸爸一声不响地就离开了这个家，跟其他女人私奔去了，而后多年杳无音讯，她的世界瞬间崩塌了。

自此开始，妈妈变成了怨妇，而从小在缺爱中长大的她，一直希望找个像爸爸这样的男人，找回爸爸当年给她的爱。

后来，我把小玉的过往告诉了一个在大学教心理学的朋友。

朋友说，小玉的爸爸是因为第三者而离开了妈妈，娶了其他女人。如此痛苦的现实，经过某种程度的扭曲，让小玉形成了这样一个心理逻辑：

"要想得到真正的爱情，就不能做正房，只能做第三者。"

也就是说，只有做了第三者，她才觉得安全而踏实，觉得人生有望，内心笃定。

7.

2018 年的平安夜，在经过了 10 年的狗血纠缠后，我终于如愿以偿地跟小玉走在了一起。

小玉在床上非常狂野，好像是匹脱缰的野马一样，完事之后，又会非常乖巧，像是只被驯服的野猫一般。

然而，很快地我便发现，我只不过是她的新猎物而已。

在我之前，小玉已经有过好几个男人了，而且职业各种不一，有公司的高管，有三流的走穴歌手……然而无一例外，都是已婚男士。

她跟我说，不知道为什么，她特别迷恋已婚男，尤其是有孩子的。可一旦在一起后，又会很快失去兴趣，觉得索然无味，不过如此。

她的每一句话，都好像针扎进我的心里。

8.

2019 年 5 月的最后一天，深夜 1 点多，在珠江新城边一个五星级的江景酒店，我突然被一阵急促的电话声吵醒。

在经过极其漫长的 7 声响铃过后，她终于接了起来。电话的那边，她老公在不断地咆哮，说赶紧开门，我就在门外!

伴随着一声漫长和诡异的叹息，小玉笑了笑，随后无声地挂了电话。那一刻，仿若竹玉落地，世界无声。

我想和你虚度余生

不要问有关思念的问题，直视我的脸。

——鲁米

1.

我已经很老了。

老到快走不动了，也老到快记不清很多事了。

回首这一生，丰盛如斯，繁花似锦，但又像是虚度而过，如梦一场。

2.

年轻的时候，我曾无比地热爱旅游。

风里来，浪里去，脚步遍及全球：玻利维亚、迪拜、北海道、台北、新德里、芭堤雅、呼伦贝尔、巴塞罗那……

我也无比热爱姑娘。

一路走来，环肥燕瘦，闭月羞花，遇到过各色各样的姑娘：北方的豪爽，南方的婉约；长发如瀑，短发清爽；柳叶细腰，丰乳肥臀……

我一直以为，我像是王家卫镜头下的一只无脚鸟，只会一直地飞啊飞，直到死的那天，才会停下飞翔的脚步，孤独地死在某个阴暗的无人知晓的角落。

然而，突然有一天，我遇到了她，平生第一次，想要停下羽翼，落地为家。

3.

那一年，我才 25 岁，年轻到浑身上下冒着傻气。

刚下飞机，我一眼就看到了她，仿佛看到了扑面而来的一片春天。她姓段，简单地寒暄过后，我们就正式上路了，内心隐隐地生起了一种"久别重逢"的感觉。

由于是旅游旺季，可选的车辆不多，所以我们租了一辆经典款的雪佛兰——当然，所谓的经典款，也就是破旧款的意思，上面写满斑驳岁月的痕迹。此外，车载的还是普通的收音机，连基本的中央屏幕也没有。

然而，她一坐进来，整辆车就仿佛瞬间充满了魔力，蓬荜生辉，自带滤镜。

由此可见，一般的豪车能吸引到一般的美女。而真正的美女，能让所有一般的车都变成豪车。"喂喂喂，我说这位姑娘好像坐错了位置吧？"我礼貌性地提出疑问。

她天真而不失妩媚地笑了笑，然后落落大方地说："这位大哥，我不介意你坐后面。"

言下之意，她要亲自开车，这完全出乎我的意料。而更让我意想不到的是，她开车的姿势、手势，乃至架势都是如此潇洒、娴熟和炫酷，跟长发、侧脸以及大白腿结合在一起，充满着女赛车手的性感。

这么多年过后，我依旧清晰地记得，那是一个特别炎热的夏天，那天是一个特别炎热的下午，我们顶着特别大的太阳，吹着热辣辣的风，听着 The Mamas The Papas 乐队的 *California Dreaming*……时间于悄然间变得轻柔而缓慢，像极了电影里的慢镜头。我内心不由泛起一个念想，眼前的这条路可以一直开下去，直到阳光更加明媚的加州，直到世界或时间的尽头。

4.

然而，很快地，我们就来到了本次出游的第一站：煮风竹林。

到达的时候，已经路过了崇山峻岭，更路过了傍晚和夕阳。此刻夜色渐浓，月色如潮，四下无人，亦无车辆，仿佛一下子来到《卧虎藏龙》里侠骨柔情的莽莽江湖。

阵阵的夜风下，段女侠的长发伴随着长裙肆意飞舞，散发出一阵阵交织着汗香和竹叶香的味道，让本来已经有些困倦的我，顿时睡意全无。

后来，我们干脆在林中停了下来，然后听着一浪接着一浪的竹子声，任由月影西斜，星光寂寥，我们一句话都没有说，却又好像一直在用心或意念交流着，一切如梦幻泡影，却又是如此真实。

5.

第二天下午，我们来到了竹林深处的一个名叫"藏月湖"的湖岸边，然后租了一艘竹席做成的小船。

游荡在偌大的湖中，我们一直晃晃悠悠地聊着天，天南地北，诗词歌赋，梦想八卦……直到夕阳西下，"落霞与孤鹜齐飞，秋水共长天一色"。

面对这般良辰美景和红颜知己，虽然我的内心早已泛起了阵阵涟漪，却一如既往地认为，她不过是我遇到过的众多姑娘里的一个，我们也不会有更多的交集。

对吗？

看着她那如艺术家精心打造的侧脸，我忍不住再一次问自己。

想必……是的……

当晚，我做了一个梦。

梦中出现了一只鸟，鸟本来是无脚的，一直在飞啊飞。飞到了一个竹林，突然长出了一只脚，它战战兢兢地想停留在竹叶上，可尝试了好几次，都没有站稳，内心交织着不尽的恐惧和绝望。

6.

旅行的第三站是"思念雪山"。

这是我人生第一次上雪山，千里冰封的美景，真是蔚为壮观，让人叹为观止。

不过好景不长，虽说此行的前戏准备充足——不管红景天、全氧片，还是氧气瓶都一一备齐，可上到一半的时候，我还是出现了明显的高原反应。

为了不让段姑娘扫兴，我咬着牙坚持着往上走，可走到四分之三的时候，我终于还是忍受不了，一个趔趄倒了下来，然后感觉呼吸特别困难，脑袋像快要炸了一样。

几乎没做任何犹豫，段姑娘就搀扶着我往山下走，下到一半的时候她还去拦下了一个当地人的小面包车，并且还神奇地说服别人掉头下山。

上车后，我顿时觉得舒服了很多，五脏六腑总算开始归位，继而困意连连。但段姑娘不准我睡，说高原反应时一旦睡着，就容易彻底睡去，不再醒来。

所以每当我快睡着的时候，她就动一下我的身子，或捏一下我的脸蛋，要么就撑一下我的眼皮——真是让人绝望啊，后来我实在太困了，受不了了，想着就算睡死过去也不管了。

就在这时，她使出了撒手锏——亲我的眼睛，吻我的脸蛋，淡淡的清香扑鼻而来，温柔的气息沁人心脾，也不知道亲了我多少次，但我感觉好像永远都不够。

途中，司机还不合时宜地跟我们说，上个礼拜有一个内地游客，同样出现了剧烈的高原反应，硬是没抢救过来。听完后，我感到一阵后怕，内心再次翻江倒海。

当晚，回到客栈的我还是有些低烧，四肢无力，没有食欲，整个人懵懵的，飘飘的。段姑娘则一直陪在我身边，后来更是靠在我的床前睡着了。其间，我醒过来一次，看到月光破窗而入，皎洁如雾，如梦般洒在了她的身上，把她彻底地融化在这一缕皎洁的月光中。

7.

次日，因为猝不及防的高反插曲，我们被迫调整行程，一脚油门离开了美轮美奂的雪山，往平原的大都市开去。

海拔一下来，我立马就活了，恢复了往常的生龙活虎，胃口也是直线上涨——看来我还是比较适合大城市的灯红酒绿和物欲横流。

当晚，我们相约去看了场电影。

时过境迁多年，虽然我早已经忘了当时看的到底是哪一部电影——好像是《大话西游》重映版，又好像是王家卫的《一代宗师》，但让我一直念念不忘的是，那晚回去的路上，我们坐在出租车里，她温柔似水地依偎着我的肩膀，轻轻地问了我一句："我们能一直这样吗？"

"一直怎么样？"我明知故问。

8.

第二天，我从沉沉的梦中惊醒，起来后的第一感觉是段姑娘走了。

果不其然，酒店人员说，她一大早就退房了，也没有留下任何东西或言语。

说实话，对于一个多年的浪子而言，这完全在我的意料之中，但也意料之外地让我有一种怅然若失的感觉。

而且这份茫然若失，好像是一颗种子，在时间的浇灌下，开始慢慢地在黑暗中生根发芽，拼命生长，并最终长成了我从未见过的模样。

9.

回来后，我继续按部就班地过着我的生活，开启我所热爱的旅行，去更多的地方，见更多的美景，也遇见更多美丽而美好的姑娘……然而，不管去到哪个地方，我都能看到段姑娘：

呼伦贝尔的大草原，

她是阵阵扑面而来的凉风；

札幌的寂静冬夜，

她是窗口处飘进来的片片雪花；

而在加勒比海的某个小岛潜水时，

她则化作了一条条五彩斑斓的鱼儿。

……

10.

终于，在玻利维亚的天空之境，我独自走在仿佛是云端的盐层荒原，突然下定决心，一定要找到段姑娘。

然而，不管短信、微信，还是邮件……我发的任何信息，都如同泥牛入海，杳无音讯。

后来，我也试图去她的故乡，去她曾说过的她想要去的地方，去我曾跟她所说过的我想要旅游的下一站。

但通通无果而归。

……

找到后来，我甚至怀疑，或许从来就没有这样一个女子，段姑娘不过是存在于我的假想中而已。又或许，她只是我前世结缘的一个姑娘，只为来圆一段未了的情。

11.

就这样，不知不觉地，我便来到了35岁，在开往南极的邮轮上，当走到阿根廷乌斯怀亚的时候，我们遇到了一场百年难遇的大风暴。

暴风雨疯狂地肆虐着，海浪翻起如同阵阵重山，带来了世界末日的感觉。虽然我们坐的船是世界上最大最安全的，但船身剧烈地摇晃，还是几乎让每个人都晕船了。

晕到后半夜，我躺在不断摇晃的船舱里，内心翻江倒海，四肢无力，头脑发热，把最近吃的东西都吐干净了——我甚至想干脆冲上甲板跳海算了。

在这样的迷迷糊糊和痛不欲生中，我突然看到了段姑娘。她悄然出现，如天女下凡，但见笑靥如花，明媚如画。

"你来了。"

"我一直就没走。"

"我想你。"

"我也一样。"

"我错过了你。"

"或许有些人你可以错过，也注定会错过，但你永远无法错过清风、细雨、飞花、落日、夏夜的萤火虫、冬日的雪花……"

12.

暴风雨一直肆虐到次日清晨，随着朝阳的到来，大海终于恢复了久违的平静，仿佛昨晚的一切都没有发生，仿若隔世。

我突然觉得，段姑娘就像是我生命中的一份信仰，仿佛错过她才是我的宿命。

因为只有错过了，我才知道爱情的可贵，知道真实而脚踏实地的可贵。南极回来后，我决定让我的人生停下来，不再如同一叶扁舟漂泊。

再后来，我遇见了另一个姑娘，我生命中的爱人，我们随后有了家庭，有了稳稳的幸福，还有了一个健康的宝宝……

13.

几十年后的今天，天色渐晚，晚霞如醉，染黄了整片海洋，而我也已经很老了，步履蹒跚，白发苍苍，也已经记不得很多人很多事了。

"回首向来萧瑟处，归去，也无风雨也无晴。"

但我却感到无比地平静，其实我早已知晓，多年前的段姑娘，一直就没有离去，也正是因为她那昙花般的出现，让我有幸虚度这一场无比丰盛的人生。